JN315304

お手伝いさんはスーパースパイ!

赤川次郎

集英社文庫

お手伝いさんは
スーパースパイ！
目次

プロローグ……13
1　秘密……22
2　令嬢……34
3　志願……47
4　敵……59
5　努力……73
6　警告……90
7　脅迫……112
8　案内役……126
9　暗殺の手……138

10 守るか攻めるか……158
11 〈暗黒〉より暗く……178
12 守るも攻めるも……199
13 混乱……217
14 命がけ……233
15 用済み……250
16 夜の痛み……263
17 結着……278
エピローグ……286
解説・新保博久……295

南条ケン
（なんじょう けん）

麗子と出会って、不良グループから足を洗い、南条家の婿となった。義父の秘書役を務める。今は優しき夫、良き父だが、昔の「勘」は失っていない。

春子
（はるこ）

大きな体と怪力、見かけによらぬ運動神経を誇る、南条家の名物お手伝いさん。気のいい忠義者だが、早とちりが玉にキズ。ウルトラ級の大食漢。

南条麗子
（なんじょう れいこ）

南条家の長女。ケンの妻。おっとりしたお嬢様タイプの美人。いまや30歳を過ぎ、１児の母だが、言動は極度に浮世離れしており、娘のサッちゃんにフォローされることが多い。

南条幸子／サッちゃん
（なんじょう さちこ）

麗子とケン夫婦のひとり娘。母に似ずしっかり者で、一家中でいちばんクールでリアリスト。名門、四ツ葉学園小学校に在学中の10歳。

南条家の人々

全員そろって超ユニーク！「南条一家」のパワフルなメンバーたち

大岡
（おおおか）

美知の一の子分。美知と南条家のためには骨身を惜しまない。柄に似合わぬ美声（テノール）の持ち主。

南条
（なんじょう）

南条家の家長にして、敏腕実業家。しかし、家では影が薄い。仕事が多忙で海外を飛び回り、ほとんどいつも留守。

南条美知
（なんじょう みち）

麗子の双子の妹。外見は姉と瓜二つだが、性格は正反対。14歳で家出をし、今は〈暗黒通り〉のボスとして体を張っている。口は悪いが、家族や子分への愛情は篤い。ナイフ投げの名手。

南条華代
（なんじょう はなよ）

南条の妻。麗子と美知の肝っ玉母さん。イザというときには頼りになるが、お調子者でどこか抜けた一面もある。

『スクールバスは
渋滞中』

サッちゃんの乗る
幼稚園のバスに爆弾が！
走り続けるバスは、あわや……。

『プリンセスはご・入・学』

サッちゃん、名門小学校に入学。
麗子が父母会長になったとたん、
殺人事件発生！

『マドモアゼル、
月光に消ゆ』

南条一家、ドイツへ！
波乱含みの旅先で明かされる
美知の衝撃の過去。

イラストレーション／吉田秋生
デザイン／渡辺貴志

お手伝いさんはスーパースパイ！

プロローグ

別れとは、少し死ぬこと……。

そんなことを言った詩人がいる。

「じゃあ……」

「ワーッ！」

「くれぐれも……」

「ワーッ！」

「留守を頼んだわよ」

「ワォーッ！」

ライオンが咆《ほ》えているのではなく、「南条《なんじょう》家にその人あり」と知られた（というほどでもないか）、お手伝いさんの中のお手伝いさん、春子《はるこ》が号泣していたのだった。

「春子さん、大丈夫？」

と、南条麗子《れいこ》がちょっと不安げに言った。

「心配ないよ。いつものことじゃない」

と、落ちついているのは、「サッちゃん」こと、麗子の娘、幸子《さちこ》。

十歳の娘の方が母親より落ちついているというのも、ちょっと珍しいかもしれないが、この南条家には、「ちょっと」でなく、大分《いぶん》変った人間が集まっているのである。

「戸締りや押売りに気を付けてね」

と、妙な注意をしているのは、この家の奥様、華代《はなよ》である。

「奥様！　私の身をそんなに案じて下さるなんて！」

春子が、また感涙にむせびながら、華代を抱きしめた。

「おい、出かけるぜ」

と、車を門の前に回して停《と》めたケンがやって来た。「いつまで別れを惜しんでんだ？」

「そっとしておいてあげましょうよ」

麗子が夫、ケンの腕に手をかけて、「春子さんがあんなに私たちを愛してくれてるんですもの」

「だけどな……。たかだか一週間、別荘に行くだけなんだぞ。どうして『涙の別れ』になるんだ？」

——南条家は、ちょうどサッちゃんの学校（名門、四《よ》ツ葉《ば》学園小学校）が春休みになったので、親子三人と華代で、別荘へ行くことにしたのである。

この屋敷の主《あるじ》は含まれていなかった。いつもの通り、

「忙しいんだ！」

と、海外を飛び回って、妻から、

「熟年離婚が大流行ですってね」

などと、ほのめかされている。

というわけで、南条家のお屋敷に、お手伝いの春子一人が残ることになった。

「奥様！　若奥様！　若旦那《わかだんな》様、サッちゃん様。お気を付けて！」

と、春子がクシャクシャのハンカチで涙を拭《ぬぐ》って言うと、

「『ちゃん』と『様』を両方つけるのは間違いだよ」

と、サッちゃんが訂正する。

ところで、この南条家のことをご存知なら、ここにもう一人、登場しないと変だと思われたかもしれない。

麗子の双子の妹、美知《みち》である。

見た目はそっくりなのに、性格は正反対。若くして家を出て、暗黒街に身を投じ、アル・カポネの孫娘と言われ――なかった美知。〈暗黒通り〉のボスとして、大勢の子分を抱える身である。

当然のことながら、〈暗黒通り〉に春休みというものはない。麗子が、

「ねえ、美知、一緒に行きましょうよ」

と誘ったのだが、美知は笑って、

「姉さんたちの一家と旅行してると、生活のテンポってもんが狂っちまうんだよ。後で取り戻すのが大変なのさ」

要するに「精神的時差ボケ」とでも言うべきものらしい。

「――さて、出かけるぜ」

と、ケンが、なおも別れを惜しむ妻を春子から引き離し、車の方へ引張って行く。

「あなた！　せめてテープを……」

「船出じゃないんだぞ。もう出かけないと、別荘に着くのが夜中になって、何も食べるもんがないぞ。それでもいいのか？」

それを聞くと、麗子はパッと表情が変り、

「じゃ、早く出かけましょ！　何をのんびりしてるの？　早く運転席に座って！」

こういう「変り身」の早さには、夫として慣れっこのケン、逆らわず、素直に運転席へ。

そして、エンジンをかけようとしたとき――。

「やれやれ」

と、ケンは苦笑した。「お見送りだぜ」

どこからともなく、爪弾《つまび》くギターのメロディにのせて、甘いテノールが、

「蛍の光、窓の雪……」

と歌い出した。

「やっぱり紙テープですわ！」

と、春子が叫んだ。

ブルル……。オートバイが南条家の門の外に現われた。

「美知！」

麗子が車を降りて駆けて行った。

「やあ、姉さん。お見送りに来たよ」

大型のオートバイを颯爽《さっそう》と乗りこなしているのは、双子の妹、美知。

その後ろにギターを抱えて乗っているのが、美知の「一の子分」と自称している大岡《おおおか》
である。見た目からは想像もつかないテノールの美声を誇っている。

「何だ、一緒に行ってくれるんじゃないの」

と、麗子がふくれっつらになると、後からついて来ていたサッちゃんが、

「人にはそれぞれ事情ってもんがあるんだよ……」

と、母親をさとしたのだった……。

からさ」

「まあ、何か命を狙《ねら》われるようなことでもありゃ、いつでも連絡して。すぐ駆けつける
と、美知は言った。

「いやなこと言わないでくれ」

ケンは、これまでに散々「そういう目」にあっているので、ため息をついた。

「冗談だよ。何も起きやしないさ」

と、美知が笑って言った。「――大岡、もういいよ」

「へえ」

大岡は切りのいいところまで歌って、ポロンと弦を弾《はじ》いた。

「――じゃあね。私も忙しいんだよ」

と、美知はちょっと片手を上げると、そのままオートバイで走り去った。

「さあ、出かけよう」

と、ケンが言った。

そして今度こそ、南条家のベンツは静かに旅発《たびだ》って行ったのである……。

「行ってらっしゃい！　お気を付けて！　――ご無事で！　忘れ物、ありません？」

今さら訊《き》いても……。

春子は門の前で、ベンツが見えなくなるまで――いや、見えなくなっても、なおしば

らく見送っていたが……。

「あーあ、行っちゃった」

と、両手をブルンブルンとプロペラのように振り回し、「一人だ！　一週間、私一人！　やったぜ！」

いかに忠実な「お手伝いさん」でも、やっぱり雇い主がいなくなるというのは嬉《うれ》しいものなのである。

「さあ！　今夜は何を食べようかな！」

春子は、その重い体でスキップなどしながら、門の中へと戻って行き、門はしっかりと閉じられた……。


ややあって——電柱のかげから二人の男が姿を現わした。

二人で電柱一本のかげに入ってしまうほどやせていたわけではない。少し離れていたので、春子の目に入らなかったのである。

一人は、それでも「電柱」みたいにヒョロリと細長く、もう一人はずんぐりとした小男だった。

「——聞いたか？」

と、頭の禿《は》げ上った小男の方が言った。

「うん」

と、ノッポの方が肯《うなず》く。「何だか変った連中だな」

「変ってるどころか、かなりイカレてるぜ」

「でも金持なんだな」

と、南条家の大邸宅を見上げる。

「ああ……。世の中は不公平だ。あんな妙な奴《やつ》らが大金持で、俺《おれ》たちにゃ金がない、と来てる」

「うん……」

ノッポの方が半分眠っているような目で、「でも、今度うまくいけば、大金が入るんだろ?」

「うまくいけば、な……」

と、小男は腕組みして、「なかなか、映画みてえにうまくはいかないもんだ」

「うん……」

小男が、ふと眉《まゆ》を上げて、

「おい……。いいことを思い付いたぞ!」

と、相棒の腕をつかんだ。「俺は天才だ!」

「へえ」

と、ノッポは大して関心がない様子で、「じゃ、俺は秀才？」

「何も思い付かねえのに、どうして秀才だよ」

「でも、俺と兄貴じゃ、大して違わないと思うけど」

「大して違わなくても、ちっとは違うんだ！　それが肝心なところなんだ」

――二人はなおも、どうでもいいことに関して言い争っていた……。

1 秘密

電話が鳴った。

「電話だよ！　誰《だれ》か出て！」

と、春子は言った。

春子は南条家の居間で、ソファに長々と寝そべって、ポテトチップスをポリポリ食べながら、TVを見ていた。

誰か出て、と言っても、屋敷の中に自分しかいないことはよく分っている。

「はいはい、今出ますよ。春子さんが出るから待っててね！」

と、起き上って、「こら！　今出るって言ってるだろ！　うるさくすると叩《たた》き壊すぞ！」

そう言われても、電話の責任ではない。

春子は、エヘンと一つ咳払《せきばら》いをすると、受話器を上げた。

「大変お待たせいたしました。南条でございます。ただいまどなたもお出かけでございます。お急ぎでない方は一週間後におかけ直し下さい」

春子はテープの声に聞こえるよう、できるだけ取り澄ました声で言った。

「お急ぎの方は?」

「お急ぎの方も一週間後におかけ直し下さい」

「ちっとも変らねえじゃねえか」

「——あんた、誰?」

と、春子は訊いた。

「何だ、テープじゃねえのか。南条さんの家かね?」

「そう言ったでしょ」

「そこに春子って娘が働いてると思うんだが……。いたら呼んでくれないかね?」

はて? 春子は、何だかどこかで聞いたことのある声だと思った。

「春子様は今、大変お忙しくていらっしゃいますが、どちら様でしょう?」

「あれ? お前、春子じゃないか?」

と、向うは気が付いたようで、「俺だよ。才之助《さいのすけ》だ」

「は?」

「才之助。両国《りょうごく》才之助だよ。幼なじみを忘れたのか?」

春子が、目を丸くして、

「エーッ！」

と、とんでもない声を出した。「才ちゃんか！　本当に？　どうしたんだい？　――もしもし？　もしもし？」

「――あんまり凄《すご》い声出すから、耳がしびれて、よく聞こえねえよ」

と、相手は言って笑った。「春子だな、やっぱり」

「どこからかけてるのさ？」

「東京へ出て来たのさ。親父《おやじ》の仕事で。お前のことを思い出したんで、ちょっと会いたいと思ってな」

「何だ！　そうならそうと言ってくれりゃいいのに！　――迎えに行くよ。今、どこにいるの？」

「東京駅だ。お前の所まで歩いてどれくらいだ？　十五分か二十分か」

「それじゃ着かないよ」

「何だ、ずいぶんへんぴな所で働いてんだな」

「あのね……」

「適当に訊いて行くさ。途中、デ、ズ、ニ、ーランドと原宿と六本木に寄って見物してから行くよ」

「それじゃ、三日かかっても着かないよ」

と、春子は言った。「ともかく、今いる所から動かないで！　分った？」

「そうか？　それなら——」

「そこでじっとしてるんだよ！　いいわね」

「ああ、それじゃそうする」

春子は受話器を置いて、

「全く！　おのぼりさんはこれだから困るわね」

と、文句を言ったが、相手が「東京駅」のどこにいるのか、まるで訊かなかったことにも気付いていなかったのである。


「一週間待てだって？」

と、大きなアームチェアに身を沈めた男は言った。

「はあ。一週間で、手に入れます」

「一週間ってのは、何か根拠があって言ってるんだろうな」

「そりゃまあ、一週間しか留守にならねえってんで——」

と、ノッポの方が言いかけて、隣のずんぐりした小男にけとばされた。

「話は俺がするって言ってるだろ！」

「いてえなあ……」

と、ノッポの方はむくれ顔。

「まあ、お前らが本当に一週間でこの仕事をやりとげたら、今度のことは大目に見よう」

と、アームチェアの男は言った。

「ありがとうございます！」

「その代り、お前らの方が『一週間』と言ったんだぞ。それから一日でも遅れたら……。分ってるな」

淡々とした口調が、却《かえ》って怖い。

「へえ、それはもう……」

少しの間、沈黙があった。

「よし、一週間やる。行け」

アームチェアの男が手を振った。

二人には、アームチェアの男の顔は見えない。

暗い部屋の中、ドアを入った所に立っている二人に向って、強いライトが当っている。

そして、二人に見えるのは、アームチェアに腰をかけた男の、胸から下だけ。

「それじゃ、失礼して……」

と、小男の方が頭を下げ、「おい、行こうぜ」

と、ノッポの方を促した。

二人はドアの外へ出ると、

「ああ、まぶしかった！」

と、一緒に頭を振った。

「目がくらんで、何も見えねえ」

「全くだ……」

——二人は、やっと慣れて来てお互いを見ると、

「何だ、こんな顔だっけな」

「そう簡単に顔は変らねえよ」

二人は、ホテルの廊下を、まだ多少手さぐり状態でエレベーターの方へ歩いて行った。

「——ともかく、一週間で何とかやっつけるんだ」

と、ずんぐりした小男——いい加減、名前をつけよう——牧野達吉《まきのたつきち》は言った。

「本当にやれるのかい？」

と、頼りなげなノッポ、東一平《ひがしいっぺい》がエレベーターの扉の開くのを見て、「来たぜ」

「ああ……」

二人が乗って、エレベーターが上り始めると、

「おい、下だぜ」

と、牧野は言った。「一階へ下りるんだ、俺たちは」

「じゃ、乗り間違えたんだな」

と、乗り合せていた男が言った。「エレベーターの乗り方も知らねえのか」

牧野と東は、呆気《あっけ》に取られていた。

エレベーターが最上階に着くと、

「さあ、ここよ、レストランは」

と、母親が言った。

牧野と東は、母親に手を引かれた小学生が、

「パパ、もう来てるかな」

と言いながらエレベーターから出て行くのを眺めていた。

その男の子は、振り向くと、

「一階へ行くなら、〈1〉ってボタンを押すんだぜ」

と言った。「迷子になるなよ、おっさん」

——二人は、扉が閉ると、

「あれがガキのセリフか？　何て奴だ！」

「ぶっ殺してやる！」

と、口々に言った。

「――こんなことで腹を立ててちゃ仕方ねえ。大きな仕事を控えた身だ」

「ああ、そうだな」

「しかし――今どきのガキは、礼儀ってもんを知らねえな」

と、牧野は言った。

「しかも、お袋が一緒にいて、何も言わねえんだものな！　大したもんだ」

「何を感心してやがる」

牧野は腕組みをして、「――まだ一階に着かねえのか」

「兄貴……。〈1〉を押してねえよ」

――やっと一階のロビーへ出ると、二人はホテルのラウンジで一息つくことにした。

「もったいないよ」

と、東は言ったが、

「二十七階まで、はるばる旅して来たんだ。少し休んでもいいだろう」

と、牧野は主張したのだった……。

「東京駅ってのは、ずいぶん広いんだな」

と、大きなトランクと巨大な風呂敷包みを両手に、両国才之助が言った。

「まあね……」

春子は、かなり息を切らしていた。しかし、「東京の住人」のプライドにかけて、「中で迷った」とは言えない。

「何しろ、改札口からホームまで一キロもあるからね」

「へえ！　俺が降りたホームはそんなに遠くなかったぜ」

「一番遠いホームでの話よ」

と、春子はごまかして、「待ってて、あんたもくたびれたろ？　その辺で休む？」

「いや、別にくたびれちゃいねえよ」

と、才之助は平然と、「毎日山の中を歩き回ってるんだ。これくらい、どうってことねえさ」

「あ、そう」

本当は春子の方がのびていて、休みたかったのである。

「しかし――腹は減ったな」

「じゃ、何か食べよう！」

春子は才之助の言葉に飛びついた。

――二人は駅の地下街のレストランに入った。

「いやあ、久しぶりだな」

と、才之助が言った。

「才ちゃん、今いくつだっけ？」

「二十七だよ」

「二十七か……。早いもんだね」

春子はしみじみと言った。

「並」と比べればかなり大型の春子だが、その春子も「小柄」に見えるほど、両国才之助は堂々たる体つきだった。

一応、背広にネクタイという格好《かっこう》だったが、背広ははち切れそうで、服が悲鳴を上げているのが聞こえるようだ。

才之助と春子は幼なじみである。

「――才ちゃん、どんくらい東京にいるの？」

二人して、〈ランチ大盛り〉を注文してから、春子が訊いた。

「一週間くらいだ」

「へえ！　私もね、ちょうど一週間、家の人が留守なの。東京案内したげるよ」

「いやあ、お前も忙しいだろうし……。しかし何だな。お前もさすがに腰が抜けたな」

「――何？」

「お洒落《しやれ》になったってことさ」

「それを言うなら、『垢抜《あかぬ》けた』だよ」

——ランチが来ると、二人はアッという間に平らげた。

「旨《うま》い」

と、才之助が感心して、「ハンバーグは東京に限るな」

中学生のころと大して変らない、丸顔。顔立ちはおっとりとして可愛《かわい》い。

「泊る所は決ってるの？」

と、春子が訊く。

「まあ……決ってるといえば決ってる」

「何よ、それ」

才之助は財布を取り出して、中から折りたたんだ紙を抜き出し、

「ここ、どう行ったらいいんだ？」

春子はそのメモを見て、

「住所だけ？　大変だよ、捜して行くのは」

一応、都内の高級住宅地の住所である。

「——この、〈北条《ほうじよう》エミ〉って誰？」

と、春子が訊くと、才之助が急に真赤になったのである。

「それは……その……俺の『彼女』だよ」

「へ？」

春子はしばし絶句した。

「いや、親父の用で東京へ行くって言ってやったら、『ぜひ私の所へ泊って』って……。東京の案内も、彼女がしてくれることになってるんだ」

話しながら、才之助の顔が段々ゆるんでくる。

「そうなの……」

春子は必死で平静を装っていた。

才之助と春子は子供のころ、

「大きくなったら結婚しようね」

と誓い合った仲だった。

まあ、三つ四つの子供が「誓う」というのも妙かもしれないが。

それにしても、春子としてはどこの馬の骨かも分らない女に才之助を盗《と》られては、黙っていられない。

北条？　――こっちは南条だよ！

こうなったら「南北戦争」だ！

春子はひそかに心の中で「宣戦布告」したのだった……。

2 令嬢

「たぶん、この辺だよ」

と、春子はメモを見直して言った。

「ふーん」

才之助が周囲を見回して言った。「家はでかいが、せせこましいな」

「せせこましい?」

「庭ってもんがねえのか? 塀の向うが、すぐ家じゃねえか」

そう言われて、春子もやっと分った。

何しろ、田舎の方の「お屋敷」は、敷地が広い。建物も、古い屋敷だと迷子になりそうで、土地の広さは、この都内の邸宅の比ではないのだ。

もちろん土地の値段が比べものにならないほど違うのだから当然だが。

「しかし、東京にもこんなに静かな所があるんだな。気に入った」

と、才之助は肯いて、「ここなら一週間ぐらいいて、やって、もいい」

「あんたが良くたってね……」

春子にもプライドというものがある。北条エミだか何だか知らないが、才之助が「会ったことのない」相手に対して、やきもちをやいていると思われたくないので、

「いいわ。私が捜してあげる」

と、請け合ってしまったのだ。

確かに、ここは都内でも有数の高級住宅地。南条家に劣らない大邸宅がいくつも並んでいた。

それにしても、才ちゃんたら……。

口には出さねど、内心、春子は不平たらたらだった。

何しろ才之助が「彼女」と呼んでいる北条エミ、実は才之助のメール友だち。いわゆる〈メル友〉だというのである。

大体、才之助がパソコンに向っているところなど、春子には想像することもできない。それには、春子自身、パソコンに触れるとショック死するという（まさか！）持病があって、メールなんか送りたくても送れない、という事情もあった。

いつか、ケンがメールを送っているのを見て、

「切手はどこに貼《は》るんです？」

と訊いたものである。

だから、才之助がメールのやりとりなんかしていると知って、少なからずショックを受けたのも当然だろう。

「だけどね……」

メールでは、相性ぴったりで、

「ぜひ才之助さんに一度会ってみたいわ」

と言っているそうだが、果してどこまで本気なのか。

女名前でメールを出していても、実は中年の男だったりすることも珍しくないという。

才之助はそういう点、純情そのもので、相手が嘘《うそ》をついているなどとは、思ってもいないのだ。

春子としては、才之助が騙《だま》されるところなど見たくない。——でも、その「北条エミ」に会ってみたいという気持も、正直なところあった。

「——訊く所がないわね」

南条家の周りもそうだが、こういう住宅地は、ちょっと道を訊くようなお店がない。

右も左も、高い塀が続いていて、防犯のためか、門の外には表札も出ていなかったりする。

さて、どうしよう……。

春子が足を止めたとき、バスが一台、向うからやって来て、少し先のバス停で停《とま》った。

降りて来たのは、ブレザーの制服を着た高校生らしい女の子。見るからに「いい家《うち》のお嬢様」という感じの少女である。

「あの子に訊いてみましょ」

と、春子はスタスタと歩み寄って、「ごめんなさい」

と、声をかけた。

「はい」

振り向いた目もとの爽《さわ》やかなこと。細面《ほそおもて》で、くっきり鮮かな眉、笑みを含んだ口もと。――春子も見とれるほどの美少女である。

「ええと……この辺に〈北条〉ってお宅、ありません？」

春子の問いに、少女はちょっと目を見開いて、

「北条……ですか？」

「ええ。〈北条〉の〈北〉と〈北条〉の〈条〉と書く……」

「北条なら、うちですけど」

「あら」

「この辺には他に北条はないと思います」

「あなた……そのおうちの方？」

「はい、そうです」

「お宅に――北条エミさんって、いらっしゃる?」

「エミは私ですけど……」

「あなた?」

――やっぱり!

大方、誰かがこの子の名前を勝手に使ってメールを出しているのだ。

「私に何かご用ですか?」

と、少女は言った。

「いえ、あのね、あなたにはとても迷惑なことだと思うんだけど、あなたの名前でメールを出してる人がいて、その相手がね、あなたに会いたいって――」

「才之助さん?」

と、北条エミが言った。「じゃ――あの方が才之助さん?」

春子の方が唖然《あぜん》とする番だった。

「両国才之助さんですね!」

北条エミは、春子を無視して、真直《まっす》ぐ才之助の方へと駆け寄ったのである。

才之助の方も、正直こんな少女が現われるとは思っていなかったろう。

「そうだけど……。あんたが?」

「私、北条エミです！　よく来て下さったわ。夢のよう」

「いや……しかし……あんたが、あのメールを？」

「ええ！　〈いつもあなたの忠実な友、北条エミ〉」

才之助も、やっと安心した様子で、

「そうそう！　じゃ、本当にあんただったんだ」

「嬉しいわ。泊って下さるんでしょ、うちに？」

「いいのかな。何しろ俺は見た通りの田舎者で……」

「いいえ」

と、エミは首を振って、「私の思ってた通りの人！　私、あなたのような頼りがいのある人に会いたかったの！」

と言うなり、才之助の腕にしっかりと自分の腕を絡ませた。

才之助の方はもう足が地についていない。

トランクと風呂敷包みは地面に落ち、しかも才之助はまるでそれに気付いていない。

「――さあ、一緒に来て！　うちはここよ」

と、エミは目の前の高い塀の方を見て言った。

「このお屋敷？」

「門はこの先を曲った所なの。さあ、行きましょう」

見たところは、巨体の才之助と、まだどう見ても十六、七の北条エミでは、「三倍」も違うようだが、一緒に歩き出すと、ふしぎなことに才之助の方がエミに「ぶら下って」見えた。


——才之助は、さすがに少し行くと、自分の荷物のことを思い出し、

「ああ、そうだ！　荷物を放り出して来ちまった」

と、足を止めて振り返る。

「いいわよ」

「しかし——」

「後で召使に取りに来させるから、大丈夫」

エミは、どんどん才之助を引張って行って、やがて、先の角を曲って見えなくなってしまった。


——春子は、まるで「透明人間」のように存在を無視され、カッカしていたが、

「フン！　何が『召使に取りに来させる』よ！」

と、八つ当り気味に言うと、「見てろ！」

才之助が放り出して行ったトランクと風呂敷包みを、

「さあ、受け取りな！」

と、ヤッとばかりに投げ上げる。

トランクが、続いて風呂敷包みが、高い塀を越えて、お屋敷の中へと飛び込んで行ったのである。

苛々《いらいら》したときは買物するに限る。

その女性共通の鉄則は、春子にも当てはまった。

「──お嬢様が何さ！〈メル友〉が何よ！　メールができるくらいで、いばるんじゃないよ！」

当人は口の中で呟《つぶや》いているくらいのつもりだったが、実際はかなりはっきり「文句をつけている」くらいに周囲には聞こえていた。

そのせいで、スーパーマーケットの、春子の行く先々で、客はたちまち姿を消してしまうのだった。

手押しのカートの中は、すでに溢《あふ》れそうなほど品物が入っている。

しかし、南条家には番犬も番猫（？）もいないのに（春子がいれば必要ない）、大きなドッグフードとキャットフードの箱が入っていたりするのは、春子がいかに手当り次第に棚の品物をつかんでカートへ放り込んでいたかを証明していた。

そしてレジに並ぶと、

「このカート、借りてくわよ」

と、またカートを押して行こうとする。

「待った！　ちょっと待って！」

男はあわてて春子を呼び止め、「あんたはこの家の人かね？」

「この家には住んでますよ。お手伝いですけど」

「お手伝い！　――うーん、お手伝いか」

と、男は考え込んだ。

「どうしたんですか？　便秘でも？」

「いや、そうじゃなくて……。あんたはふしぎに思わないのかね？　自分がなぜひき殺されそうになったか」

「さあ……。世の中にゃいろんな人がいますから」

「それはそうだが……。何かこう――狙われるわけとか、人に恨まれる覚えとか、あるのかね？」

「さあ……」

春子は首をかしげて、「世の中にゃ、いろんな人がいますから」

「そりゃそうだが……」

男は咳払いして、「実はね、私はあんたに目をつけていたんだ」

春子は目をパチクリさせて、

「私に？　──だめですよ、そんな！」

と笑った。

「だめ、とは？」

「私みたいなうら若い乙女は無理。もっとトシのいった、自分の年齢に近い人を捜した方がいいですよ」

「──何か誤解されているようだが」

男は汗を拭って、「私はね、あんたのいる屋敷が狙われていると考えているんだ」

「お屋敷が？」

このひと言は、効果があった。

留守を任されている身としては、南条一家が帰って来たとき、屋敷が跡形もなく吹っ飛んでいたりしたら大変である。

「お話を詳しく聞かせて下さい！」

春子はその男を招待した。

「ありがとう。──私は牧野達吉」

と、男は名のった。「あんたは？」

「春子です。『春子』と言えば泣く子も黙る……」

「春子君か。──では早く中へ入ろう。奴らがどこで見張っているか分らない」

かくて、何だかよく分らないままに、春子は牧野という男と一緒に(むろん、スーパーのカートも)、屋敷の中へと入って行ったのである……。

3　志　願

「スパイ？」

と、春子は牧野に紅茶を出しながら言った。

「この家にスパイが？」

「いやいや、そういう意味じゃない」

と、牧野は紅茶を一口飲んで、「——旨《うま》い！」

と叫んだ。

「そりゃそうでしょ。特別に輸入してる葉ですもん」

と、春子は得意げに、「それでスパイというのは？」

「実に旨い……。いつもこんな紅茶を飲める人間がいるんだな、この世の中には」

と、牧野はため息をついている。

「あの——紅茶はともかく、スパイの話は？」

「あ、そうそう。——実は我が国に潜入している某国のスパイが、この屋敷に目をつけているらしいという情報が……」

「まあ、この屋敷に？　映画のロケに使うというのは、いつもお断りしてるんですけど」

「そんな話じゃない。しかし――広いな。この居間だけでも、私のアパートの何倍もある！」

と、牧野もつい感想を述べてしまう。

「あの……」

と、春子が申し訳なさそうに、「ここ、居間でなく客間ですけど。居間はここの三倍くらいあります」

「三倍……」

牧野が呆気にとられている。

「それでスパイの話ですけど……」

「ああ、そうだった！」

牧野は頭を強く振って、「その連中は、この屋敷のちょうど裏手にある宝石商の家へ忍び込もうとしているんだ」

「宝石商？」

「知らないかね？　つい先日、百億円のエメラルドを購入したとニュースに出た」

「へえ、そんな人の家が裏に?」

「そうなんだ。スパイは資金源として、その宝石商の家に忍び込んで、宝石を盗み出そうとしている」

「そりゃ物騒ですね」

と、春子は眉をひそめて、「じゃ、一一〇番して、その連中を捕まえてもらいましょう」

春子が立ち上って電話をかけに行こうとするのを見て、牧野はあわてて、

「待て!　ちょっと待った!」

と止めた。「それはまずい」

「どうして?」

「いや、つまり……。スパイの世界というのは微妙なものなんだ」

「はあ……」

「分るかね。そこには政治というものが絡んでいて――」

牧野が説明しようとすると、門のチャイムが鳴った。

「あら、誰かしら」

「もし、東という男だったら、入れてやってくれ。私の同僚だ」

「分りました」

春子は、客間を出て行った。

牧野は汗をハンカチで拭《ぬぐ》った。

「全く……。変な奴《やつ》だ」

と、グチが出る。

少しして、春子がドアを開けて、

「お仲間でしたよ」

――ノッポの東一平が入って来る。

牧野は東を春子へ紹介した。春子が、「またあの紅茶をいれて来ます」

と出て行くと、

「兄貴。うまく入りこんだじゃねえか」

と、東が言った。

「馬鹿《ばか》！」

牧野は東の頭をポカッとやった。

「いてえなあ」

と、東が口を尖《とが》らす。

「車でひき殺そうとするのに、あんなに離れた所を通る奴があるか！」

と、牧野が叱《しか》りつけると、

「だって……もし当ったら大変じゃねえか。けがする」

「おかげで、信用させるのにひと苦労だ」

「でも、うまくいったんだろ？」

「まあな」

と、牧野は胸を張って、「俺は誰にでも信用される顔をしてるからな」

「――そうかい？」

東が素朴な疑問を口にすると、

「違うってえのか！」

と、目をむいた。

「そうじゃないけど……」

東がおどおどして目をそらす。「立派な家だなあ」

「お待たせしました」

春子が紅茶を運んで来て、東の前に置いた。

「――それで、スパイ対策として、どういうことを？」

春子が訊《き》くと、牧野は東が紅茶を飲むのをチラチラと横目で見ながら、

「それは……まあ何といっても……」

牧野は自分の紅茶を飲んでしまっていた。もう一杯欲しいのだが、今は肝心なとき、

とグッとこらえた。

「何といっても？」

「何といっても――紅茶だ」

「は？」

つい、思っていることが口に出てしまった。

「いや、こう――こう言っちゃ何だが、スパイが隣へ侵入するのを、見張っている必要がある。それで、この屋敷をぜひ、その監視場所として使わせていただきたい」

　一気に言って、牧野は冷汗を拭った。

「監視場所ですか……」

　春子はちょっと考えて、「私一人じゃ、どうにも……。旦那《だんな》様へ訊いてみませんと」

「それはまずい！　いや、つまり……こういう類《たぐい》のことは、知っている人間がふえればふえるほど、敵に気付かれるものだ。万一、連中が気付いたら、君の雇い主の身も危険になる」

「はあ、なるほど」

「なに、大した手間はかけない。この屋敷の一部屋を提供してもらい、そこで見張らせてもらえれば、他には何も要求しない」

「そうですか。その程度のことでしたら、まあ……」

「いや、良かった！　君こそ真の愛国者だ！」

牧野は春子の手を固く握りしめた。

「そうおっしゃられても……」

と、春子は少し照れて、「それで——家賃はいくらにします？」

「家賃？」

「部屋をお貸しするんですから、やっぱりそこはビジネスライクにしないと。一泊二万でいかがでしょう？　バストイレ付。タオルは無料」

「ちょっと待ってくれ！」

牧野はあわてて言った。「我々にも予算というものがあって——」

「あら、だって税金から出すんでしょ？　いいじゃありませんか、ケチらなくたって。このお宅は、そりゃあ沢山税金を納めてらっしゃるんですよ」

「そりゃそうだろうが……」

一泊二万として、一週間で十四万？　とんでもない！

今の牧野と東の財布、二つ合せたって、その十分の一もない。

「じゃ、大まけにまけて、一泊一万五千円！　これ以上はまけられませんぜ、旦那」

と、春子の方も調子に乗っている。

人間、追い詰められると、いつもなら思いもよらない名案が浮かぶことがある。

「うん、そうだ！」

牧野がポンと膝《ひざ》を打って、「部屋代をタダにしてくれたら、君を我々の仲間にしよう！」

「仲間？」

「そう。我々は日本のＣＩＡと呼ばれている。つまりスパイだ」

「日本にスパイがいるんですか？」

「だから、これは国家の最高機密なんだよ」

と、牧野が声をひそめて、「君を信頼しているからこそ話すんだ」

ずいぶん手軽な「国家機密」である。

しかし春子はそれなりに感激し、

「そういうことなら……。分りました」

「分ってくれたか！」

「じゃ、トイレットペーパー代だけいただくということで……」

春子も相当に細かい。

ともかく、「一応タダ」ということで話が決ると、

「監視するのに都合がいいのは、やはり宝石商の屋敷にできるだけ近い部屋だ」

「それなら……、物置ですかね」

「物置？　——もう少しましな部屋はないのかね」

「ないこともないですが……。いいです。私の部屋をご提供しましょう。タダで！」

「君の部屋？」

一瞬、牧野はひるんだが、ぜいたくは言えない。

「じゃ、ありがたくご好意を受けよう」

ずっと黙っていた東が、

「——飯は出るのか？」

と訊いて、牧野にけとばされる。

「もちろん、お出ししますよ」

と、春子は胸を張って、「この春子さんを見くびらないで下さい！　この近くなら、スーパー、コンビニ、お弁当屋さん三軒、とよりどりみどりです」

あまり期待できそうもない、と牧野と東は、顔を見合せて思った……。

「——で、いつもらえるんです？」

と、春子が言った。

「もらうって……何を？」

「とぼけないで下さいよ！」

春子が平手でバン、と牧野の背中を叩いた。牧野は声が出ないほどの痛さで、目をむいた。

「私もあなたたちの仲間なんでしょ？　それならやっぱり、スパイの身分証明書とか、それと肝心のもの！」

「肝心の？」

「〈殺人許可証〉ですよ！　それと小型の拳銃、やっぱその二つがないと、スパイとは言えません！」

牧野はため息をついて、東の方へ、

「お前、代りに何とか言え」

と言ったのだった……。

相当の金持だということだけは確かだろう。

両国才之助は、荷物を何とか戸棚へ納めると（といっても、ただ押し込んだだけだ）、一応、この大邸宅にふさわしいなりをしようと、ひげを当った。

何しろ「客間」というのが、才之助でさえ目をみはる広さ。それにバスルームまで付いている。

心配だったベッドは、才之助でも安心して手足を広げていられる特大のキングサイズ。

「夕食のときに呼びに来るわ。それまでのんびり休んでいてね」

案内してくれた北条エミは、やさしくそう言ったのだった。

それにしても……。

才之助は、自分の故郷辺りには絶対にいないタイプの娘――エミに、一目でのぼせてしまった。

もちろん、春子のことは懐しいし、嫌いではない。

しかし、二人はあまりに「仲が良すぎる」のである。

才之助から見て、春子はどうしても「女」に見えない。

「まあ、勝負にならないな」

と、才之助は、さっぱりした顔を鏡に映して呟いた。

そうか……。夕食といっても、この大邸宅だ。おでんとか、レバニラ炒《いた》めはあまり出ないだろう。

「一応着替えた方がいいか」

着替えようとパンツ一つになると、

「ついでにシャワーを浴びるか」

バスルームへ入り、シャワーを浴びる。

バスルームも、バスタブの大きさも才之助向きのサイズ。

シャワーを浴びていると、気持良くて、しばし口笛など吹きつつ、時のたつのを忘れ

などと呼ばれると、それだけで舞い上ってしまう弘太だった。

「フン」

夜空を仰ぐと、霧のような雨が降りかかる。「——春雨じゃ。濡れて行こう」

二十一歳という若さで、こんなセリフを知っているのは、弘太が「おばあちゃん子」だったからで、他にも、

「そりゃ聞こえませぬ、伝兵衛《でんべえ》さん」

だとか、

「キジも鳴かずば撃たれまい」

なんて、自分でもよく意味の分らないままふと口をついて出たりしたものだ。

——夜道だった。

どこを歩いているのか、よく分らなかったが、それでも弘太はいつもふしぎと酔った状態のまま、〈暗黒通り〉へ帰り着いているのだった。

〈暗黒通り〉の弘太と言えば泣く子も黙る——というわけにはいかないが、それでも、飲み屋で、

「俺は〈暗黒通り〉に世話になってるんだよ」

と、ひと言言えば、周囲の見る目はガラッと変る。

「あ、あの南条美知さんのお身内でしたか！」

と、それまでただのチンピラ扱いだったのが、下にも置かぬもてなしよう。

「ぜひお近付きのしるしに一杯」

と言われれば断らない弘太である。

結局飲み続けて、こういう状態で帰るはめになるのだ。

「俺は美知親分の一の子分だ！」

と言っているのは大げさだが、〈暗黒通り〉に暮し、美知の身内だというのは嘘ではない。

ただ、まだ駆け出しで、大岡からは年中叱られている。

特に、こうして方々で、

「〈暗黒通り〉の者だ」

と、自慢して回っていることが美知の耳にも入り、つい昨日も、

「そんなこと、自慢しちゃいけないよ」

と、じかに言われたばかりだった。

もちろん、弘太は神妙に、

「もう決してしません」

と詫《わ》びたのだが、飲みに行くと、つい、

「俺を誰《だれ》だと思ってるんだ！」

と始めてしまうのだ。

小さいころから、いつもガキ大将の「子分」――それも「使い走り」で、人にこき使われるばかりだった。その弘太が、

「何だか憎めないね」

と、美知に気に入られて、今は〈暗黒通り〉の一員である。

人が自分に一目置いて、お世辞でも「兄貴」と立ててくれる。こんな気分は生れて初めてだ。

いけない、と思いつつ、

「今夜限りにしよう」

と、同じことをくり返してしまう……。

「今日限りだ」

と、今夜も弘太はろれつの回らない口で言った。「今夜で終りにするぞ!」

すると、

「何が終りなの?」

と、声がした。

「うん?」

振り向いて、弘太は戸惑った。

いつの間にか、三人もついて来ている。

暗くてよく分らないが、女の子らしい。

俺に惚《ほ》れてるのかな？

「何の用だい？」

と、弘太は訊いた。

「お兄さん、〈暗黒通り〉の人なのね」

と、一人が言った。

「ああ、まあね」

「じゃあ、南条美知の子分？」

「そうだとも。自慢じゃねえが――」

「自慢なんかしない方がいいよ」

「何だって？」

と訊き返した弘太は突然鈍い痛みを脇腹に覚えて、思わず手をやった。

鋭い刃物がスッと引かれる。弘太の手が切れて血が出た。

「おい――痛いじゃねえか」

と言い終らない内に、もう一つの刃が弘太の背中に突き立った。

「よせ……。何してやがる……」

痛みが波のように押し寄せて来て、弘太はその場に転《ころが》ると、「ウワーッ！」と、叫び声を上げた。

刃物は更に弘太の上に振り下ろされて、腕や太腿《ふともも》を貫いた。

弘太は泣き叫んだ。夢中で地面を転る。

そのとき、

「——誰だ？」

と、声がした。「何を騒いでる」

三人の女の子たちはパッと弘太から離れると、闇《やみ》の中へと駆け出して行った。

「——助けて！　痛い！　痛いよ！」

と、弘太が叫ぶと、

「おい。——弘太か？」

駆け寄って来たのは、大岡だった。

「兄貴！　助けて！」

弘太は大岡にしがみついた。

「血まみれだ。——おい、しっかりしろ！」

大岡は急いでケータイを取り出すと、救急車を呼んだ。

聞《き》き憶《おぼ》えのあるバイクの音に、大岡は病院の救急出入口から外へ出た。

「親分」

「どうだい？」

バイクから身軽に飛び下りると、美知は言った。

「今、手術中です。今まで心臓がもってるのがふしぎだそうで——」

「まだ死んじゃいないんだね？」

「ええ。五分前は少なくとも生きてました」

美知は明るい所で大岡を見ると、自分のジャンパーを脱いで、

「これをはおりな」

と、大岡へ渡した。

「いえ、俺は大丈夫で」

「お前は大丈夫でも、見た方がびっくりするよ。服が血だらけだ」

「あ、そうか。——気が付きませんで。じゃ、ちょっとお借りします」

大岡は美知のジャンパーを着ようとしたが、何しろ当人が大きいので、とても入らない。諦《あきら》めて、肩にかけるだけにした。

「——やった奴は見たのかい？」

と、美知が訊く。

「チラッとですが——。暗かったんで、どんな奴らだったかは皆目……」

「一人じゃなかったんだね」

「三人だったと思います」

「三人……。弘太のことを知ってて襲ったんだろうね」

「そのようです。何しろ七ケ所も刺されているそうで」

美知の表情が一段と厳しさを増した。

「普通のケンカじゃないね」

「輸血は？」

「幸い、急所はそれているそうですが、何しろ出血がひどくて……」

「かなり大量に。——まあ、どこまで心臓が耐えられるかだと医者は言ってました」

美知は、〈手術中〉の文字が点灯しているのを眺めて、

「弘太はいくつだっけ」

と言った。

「年齢《とし》ですか？　確か——二十一じゃなかったですかね」

「もしこれで命が助かったら、もう〈暗黒通り〉から出て、堅気《かたぎ》にさせるんだね」

「でも、あいつは親分のことを慕ってます」

「私のせいで殺されちゃ、こっちだって寝覚めが悪いよ」

と、美知は言った。

「親分のせいってわけじゃ――」

「弘太が、そんなに恨みを買うほどのことをしたかい？　――これは私への挑戦だよ」

美知は長椅子にかけた。

「心当りでも？」

「ない。でも、こっちが何とも思ってなくても、勝手に恨んでる奴は大勢いるよ」

美知は少し考えて、「――大岡。先に〈暗黒通り〉へ戻って、警戒を厳重にさせな。私が戻るまで、誰も外出させないように」

「承知しました」

と、大岡は言って、「――でも、親分は？」

「私はここにいるよ」

「お一人で大丈夫ですか？」

「心配いらないよ。行きな」

「分りました」

「それと、弘太の家族に、もし連絡が取れたら、ここへ来るように言って」

急いで出口へ向う大岡の後ろ姿を見送って、美知の目は〈手術中〉の赤く点灯した文字へと向けられた。

美知は、大勢の子分を従えてふんぞり返っているような「大物」になりたいと思ったことはない。もともと〈暗黒通り〉に住むようになったのも、成り行きのようなもので、そこに噂《うわさ》を聞きつけた若者たちが集まって来たのだ。

ある程度の集団になってしまうと、誰かが規則を作らなければならない。こうして、ごく自然に美知は〈暗黒通り〉のボスの地位にいた。

美知のやり方について来られない者は、抜けて行き、美知もそれを止めはしない。恨みを買うようなことはできるだけ避けて来たつもりだが、中には美知の禁じたような取引に手を染めて、それがばれて〈暗黒通り〉から追放された者もいる。

そういう人間から恨みを買うことは避けようがない。

もちろん、この事件がその類のものかどうか、証拠があるわけではないにしても……。

——美知のポケットでケータイが鳴り出した。こんな物は好きでないが、今はないとあまりに不便なことが多いのである。

大岡からだ。

「もしもし。——どうかしたかい？」

と話しかけたが、返事がない。「大岡？」

すると、低い笑い声が聞こえた。

「——誰だい？」

美知は、素早く立ち上って、大岡の出て行った方へと駆け出していた。

「知りたい？」

と、押し殺したような声。

女の声だ。

「大岡をどうしたんだ？」

美知は体をきたえている。必死で駆けながら、息を乱さずに話していた。

向うはまだ美知が動いていないと思っているだろう。

「知りたかったら、病院の表に来てみるのね」

と、相手は笑った。

「大岡に何かしたら、ただじゃおかないよ！」

美知は、病院の救急出入口の近くまで来て、床に這《は》った。患者を救急車から下ろして運ぶためのストレッチャーが置かれている。

美知はその下へ這い込んだ。

「ほら、あんたの大事なボスが怒ってるよ」

と、女が言った。

「親分！　出て来ないで下さい！」

大岡の苦しげな声がした。

「大岡！」

「――聞こえた？　この子分はいい声をしてるんだってね」

美知は、出入口の隅から、床に這ってわずかに目を出した。

車がいる。――その横に大岡が立っていた。いや、立たされていた。

車の窓から出た腕が、大岡の首にかかっている。――大岡の服が新しい血で濡れていた。

「このいい喉《のど》を、切り裂いてやるよ」

と、女が言った。

大岡の首に巻きついた腕。――美知のいる所から七、八メートルはある。

賭《か》けだ。しかし、大岡は敵に殺されるより、美知の手にかかる方を喜ぶだろう。

美知の手がナイフを取り出す。

「最期《さいご》の声を聞いときな」

大岡の首の辺りに、金属の光が見えた。同時に、美知は床に這ったままの姿勢から、ナイフを投げた。

ナイフは矢のように真直ぐに飛んで、今、正に大岡の喉を切り裂こうとする腕に突き刺さった。

「アーッ！」

という叫び声。

大岡の体が前のめりに倒れる。

「車を出して！」

と、女が叫んだ。

美知は飛び出して、大岡の体の上に覆いかぶさった。

車がタイヤをきしませて走り出した。

美知は、車が走り去るのを見送って、

「大岡！　――しっかりしな」

と、抱き起こした。

「親分……。すんません」

「刺されたね？　――この傷なら大丈夫だ。ここはちょうど病院だしね」

美知は大岡の体を支えて立たせると、置いてあったストレッチャーまで連れて行って、その上に寝かせた。

「――どうかしました？」

看護師がポカンとして立っている。

「けがしてるんです。すぐ診《み》てやって下さい！」

「はあ……。救急車の音、しませんでしたよね」

「何なら私、叫びましょうか?　サイレンの代りに」

と、美知は言った。

「親分……。それだけはやめて下さい」

と、大岡が苦しげに、「傷口が開きます」

「どういう意味よ」

と、美知はむくれたが、「ともかく、刺されてるんです!　早く手当を!」

その迫力に、看護師はあわてて飛んで行った……。

5　努力

「どうだ？」

と、牧野達吉が言った。

「大丈夫。ぐっすり眠ってる」

と、東一平が肯《うなず》く。

「確かだろうな」

「あのいびき、、の凄《すご》さを聞きゃ分るよ」

と、東は頭を振って、「まだ頭が痛《いて》えくらいだ」

「なるほど」

牧野も納得した。「よし、俺たちも寝るか」

「でも、兄貴……。俺、腹へって死にそうだよ」

と、東がこぼした。「あの女、夜食ぐらい出してくれりゃいいのに」

「我慢しろ。この仕事が上手《うま》くいきゃ、毎日夜食が食べられる」

「別に、毎日食べたいわけじゃねえけどさ……」

――南条家に居候《いそうろう》することに成功した二人、早速、第一夜に仕事に取りかかっていたのである。

塀の向うの宝石商の屋敷へ忍び込むための計画。それは、南条邸の庭から、塀の下をくぐる「トンネル」を掘ることだった。

春子が出してくれた（買って来た弁当だったが）夕食を食べ、春子が寝るまでの間、二人は仮眠。

そして春子が寝入ったら、二人で庭へ出て、地面を掘ることにしたのだ。

しかし、昼間になって春子に気付かれてはまずい、というわけで、できるだけ塀の近く、茂みの奥を掘ることにした。

とはいえ、穴なんか掘ったこともない二人である。

用意したスコップで、せっせと頑張ったものの、たちまち手に豆はできるし、腰は痛くなるし……。

とりあえず深さ一メートル半ほどの穴を掘ったところで、音を上げてしまったのだ。

「一週間で、隣までトンネルが掘れると思うかい？」

と、汗と土にまみれて、東が言った。

「やらなきゃ、どうなると思ってるんだ？　こっちの命がないんだぞ」

と、ハアハア息を切らしつつ、牧野は言った。「明日はもう少し楽になるさ……」

それは希望的観測というものだった。

――二人は、明け方に部屋へ戻った。

一応春子が、

「やっぱり乙女のベッドに男を寝かせるわけにはいきません」

と言い出し、二人とも客間に泊れることになった。

広いバスルームで、お湯に浸《つか》り、ぐったりした体がひたすら眠りに誘われ……。

空腹のことも忘れて、二人はベッドへ辿《たど》り着《つ》くと、そのまま夕方まで寝入ってしまったのだ……。


電話の音で、牧野が仰天して目を覚ます。

「――はい」

と出ると、

「晩飯の時間ですよ！　食べ損なっても知りませんよ！」

と、春子の元気な声が飛び出してくる。

食べ損なっては大変、と、二人とも必死で起き出した。

ダイニングへ下りて行くと、ズラッと料理が並んでいて、二人は感激した。

「こんなごちそう……。申しわけないね」

東の声は感動に震えている。

「どういたしまして」

と、春子は得意気に、「主菜はNデパート、付け合せはKデパート、サラダとご飯はSデパート。豪華な組合せでしょ」

要は何も作っていないということだ。

しかし、二人には「おいしければどうでもいい」わけで、必死に食べまくる。

「あれだけ働けば、お腹も空《す》きますよね」

と、春子が言ったので、牧野はちょっと顔を上げ、

「あれだけ、って……」

「お庭の穴ですよ。気をつかって下さってどうも」

と、春子はニコニコして、「早速、生ゴミを捨てさせていただきました」

春子がお茶をいれに、ダイニングを出て行くと、東が椅子をガタつかせて、立ち上った。思い詰めた顔をしている。

「おい、どこに行くんだ」

と、牧野が東の腕をつかむ。

「あの女を殺してやる」

東は牧野を引きずらんばかりの勢いで、「止めないでくれ！」

「馬鹿、落ちつけ！　——気持は分る。だけど、今は辛抱だ！」

「だけど兄貴、あんなに苦労して掘った穴に生ゴミを……」

と、東は悔し泣きしている。

「しかしな、考えてみろ。俺たちは目につかないように掘ったつもりだったが、あの女にアッサリ見付かったんだぞ。こんなことじゃ、うまく行くわけがねえ」

と、牧野はなだめた。

「じゃ、どうするんだい？　また他の穴を掘って、あの女に生ゴミを捨てられるのか？」

「馬鹿、同じ間違いをくり返す奴を本当の馬鹿と言うんだ」

「それじゃ、何かいい方法が？」

と言ってから、東は、「——兄貴」

「何だ？」

「いいことを思い付いたぜ」

牧野は顔をしかめて、

「お前の『いい考え』ってのは、ろくなもんじゃないがな。ともかく言ってみろ」

「穴を掘るのさ、もう一つ」

「——それがいい考えか？」

「それで、その穴に、今度は生ゴミの代りにあの女を埋めるんだ」

東の目はギラギラと輝いていた。

牧野は、しばし東の顔を眺めていたが……。

「つまり……あの女を殺すって言うのか？　本当に？」

そう言われると、東もやや考え込んで、

「殺さないで埋めるってわけにゃいかねえか……」

「埋めりゃ死ぬだろ」

「そうか」

「それに、あの女を簡単に殺せると思うか？」

二人は顔を見合せ、

「——無理だな」

と、同時に言った。

なに、牧野も東も今までに人を殺したことなどないのである。口では「ぶっ殺してやる」などと言っても、本当に人が殺せるわけじゃない。

そこへ、春子が戻って来た。

「お気に入りの紅茶ですよ」

「やあ、どうも」

牧野の顔がパッと明るくなった。

春子は二人に紅茶を出すと、

「ところで、いいんですか？　あんな穴なんか掘ってて」

と言い出した。「どうやってお隣を見張るんです？」

牧野は咳払《せきばら》いして、

「今も、それについて話し合ってたところなんだ。万一、隣が襲われるようなことがあったら、すぐ駆けつけなきゃいかん。しかし、あの高い塀があるし……」

「まさかトンネルを掘るわけにもいかんしな」

と、東が目をそらして言った。

「トンネルか。面白そうですね」

と、春子は楽しげに言った。「でも、この辺なんか、掘ったら、水道管やガス管に穴あけちゃいますよ」

牧野は東と目を見交わした。――そんなことは考えもしなかった！

「――君に何かいい考えはないかね」

牧野は、春子を「仲間」として扱っているところを見せようと、そう言ってみた。

「そうですね……」

春子はちょっと考えて、「まあ、木の枝を伝って行けば行けますけど、それじゃスパイらしくないですもんね」

牧野と東は、やや呆気《あっけ》に取られていたが、

「——木の枝？」

「ええ。庭に大きな木があるでしょ。あの太い枝の一本がお隣の庭へ伸びてるんです。確か奥様が、『ご迷惑なら切りましょうか』って訊いたはずですけど、あちらは『構わない』って……」

牧野は紅茶をあわてて飲み干すと、

「そ、その木をちょっと見に行こう」

と、腰を浮かした。

——その木は広い庭の隅の方にあって、目につかなかった。

確かに、人一人またがっても、びくともしないだろうと思える太い枝が、塀を越えて、隣の屋敷の庭へと伸びている。

「枝から落っこちさえしなきゃ、大丈夫でしょ」

春子の言葉に、牧野と東は言葉もなく肯いて、

「ありがとう！」

と、ほとんど涙ぐまんばかりの思いをこめて言ったのだった。

「やっぱり大したもんだな、デズニーランドってのは」

と、両国才之助はソフトクリームをアッという間に食べてしまって言った。「まあ、うちの裏山よりゃ小せえが」

「でも、裏山には〈ホーンテッドマンション〉なんてないでしょ」

と、北条エミが言った。

「そんなもんはないが、もっとスリルがあるぜ」

「何があるの？」

「本物の熊《くま》と出くわす」

「それって怖い！」

と、エミは声を上げてから笑った。

――ディズニーランドを手をつないで歩いている二人は、はた目には何とも奇妙なカップルだったろう。

両国才之助の巨体と、小柄な北条エミ。――しかし、どんなに他人が首をかしげようと、二人は幸せ一杯、という様子だった。

「次は何に乗る？」

と、エミが訊いた。

「君の好きなもんでいいよ」

「そう？　じゃ、しばらくこのまま手をつないで歩きましょ」

嬉《うれ》しそうなエミの笑顔を見ると、才之助の心は正にとろけてしまいそうになった。

エミはちょうど「春休み」である。

「毎日、方々を案内してあげる！」

と、すっかり張り切っている。

むろん、才之助に異存のあろうはずはなかった。それにしても……。

こんな暮しがあるんだ。

才之助は、まるで別の惑星にでも降り立ったような気分だった。

もちろん、いくら山の中に暮しているといっても、TVドラマだって見ているから、東京での生活を知らなかったわけではない。

しかし、中でもやはり北条家の暮しは例外中の例外だろう。あの広い屋敷に、エミと父親の北条弥吉《やきち》、二人しか住んでいないようだ。

ただし、使用人は五人も六人もいて、食事も才之助の食欲をちゃんと充《み》たす量が出てくるのである。

北条弥吉とは、才之助、まだ会ったことがない。——実業家だそうだが、そう言われても才之助には何をしているのやら見当がつかない。

　エミの母親は、エミが小さいころ亡くなったらしい。父親はずっと一人でエミを育てて来た。

　しかし、北条弥吉は、仕事で一年中海外を飛び回っていて、ほとんど自宅には帰らない日々。今もニューヨークへ行っているらしい。

「お父さんがいなくて寂しくない？」

　と、才之助は訊いてみたが、

「仕方ないわ。お父さんが、そうやって忙しく働いてくれてるから、私も好きなことしてられるんだし」

　と、エミは屈託なく言った。「それに、私はお父さんと凄く仲がいいの。何も隠しごとなんかしないのよ、お互いに」

「俺のことも？」

「もちろんよ。写真をパソコンで送っといたわ。『とても良さそうな人じゃないか』って」

「そ、そうかね……」

　才之助は咳払いして、背筋を伸《の》ばした。

「――あ、もうこんな時間」

　と、エミは腕時計を見て、「ごめんなさい。才之助さん、お腹が空いたでしょ？」

「え？　ああ……。まあ、それほどでも」

　正直なところ、ハンバーガーの三つ四つでも（！）とりあえず食べておこうかと考えていた。

「ここの中にね、一つだけ予約制のレストランがあるの。会員制なんで、一般のお客は入れないのよ」

「そんな高級な所……」

　本当は丼物でもワッとかっ込める所の方がありがたいのだが——。

「大丈夫。私も顔なじみだから」

と、エミは微笑《ほほえ》んで、「物足りなければ、フルコースを倍量で頼めばいいわ」

「何だか、見抜かれてるようで、恥ずかしいね」

と、才之助は笑って言った。

「こっちよ」

と、エミは才之助の腕を取って、「別に予約しなくても、私やお父さんは——」

　エミがピタリと足を止めた。

「どうかした？」

　才之助は、エミがこわばった顔でじっと正面を見つめているのを見て、入ろうとしていたレストランが〈本日休業〉なのかと思った。それ以上にショックなことがあるとは思い付かなかったのである。

「お父さん……」

と、エミが言った。

「え？」

正面の建物から、中年の紳士が出て来た。

上品なツイードの上着とネクタイ。髪が少し白くなっているが、老けた感じはしない。

「あれがお父さん？　でも、ニューヨークに行かれてるんじゃ？」

「嘘《うそ》つき……」

と、エミは呟《つぶや》くように言った。

その紳士の傍には、二十二、三かと思える華やかな感じの女性が寄り添っていた。

そして、甘えるように紳士の腕にすがりついて、軽やかな笑い声を立てたのである。

「どうする、これから？」

と、紳士が訊くと、

「もう乗り物はいい。ホテルに戻って、二人きりになりたいわ」

と、女の方は笑みを浮かべて、紳士の頰《ほお》に素早くキスした。

「よし。そうするか」

と言って――初めてエミに気付く。

「エミ……。何してる」

エミは才之助から離れると、

「嘘をついてたのね！」

と、叫ぶように言うと、駆け出した。

「待て！　おい、エミ！」

父親がエミを追って駆けて行く。

才之助は呆気に取られて、その様子を見送っていたが——。

「こりゃいかん」

放っておくわけにはいかない。

才之助も、やや遅れてエミの後を追った。

「何なのよ」

北条の連れの女が一人、むくれて立っている。

——エミは出口から駆け出すと、駐車場の方へ走って行った。

「エミ！　待ってくれ！」

北条も息を切らしながら追いかける。

そして、才之助も出口から出て来て、エミたちがどっちへ行ったか見ていると——。

「何をする！」

と、北条が怒鳴るのが聞こえた。

エミが足を止めて振り返った。

ライトバンが一台、北条のそばで停《とま》ると、数人の男たちが北条に襲いかかり、バンの中へと押し込んだのである。

「よせ！　助けてくれ！」

という北条の声。

「お父さん！」

エミが駆け戻る。

だが、バンはたちまち走り去る。そして、オートバイに乗った革ジャンパーの男たち数人が、そのバンの後について走り出していた。

「――待って！」

エミが叫ぶと、

「親父《おやじ》は預かるぜ！」

と、一人が怒鳴り返した。

そして、北条を乗せたライトバンとオートバイは、たちまち見えなくなってしまった……。

「お父さん……」

エミは肩で息をしながら、「どうしよう！」

「大丈夫かい？」

才之助がやって来ると、

「お父さん……さらわれた！」

「あの連中は？」

「分らないわ。でも、お父さんを狙《ねら》ってた。――ああ、どうしよう！」

「警察へ連絡したら？」

と、才之助が言うと、エミは首を振って、

「いいえ、だめよ。――誰がやったにしろ、きっと目当てはお金だわ」

「身代金か」

「お父さんの命が何より大事。お金で取り戻せるなら、いくらだって出すわ」

「大変なことになったね。――俺でできることがあれば言ってくれ」

「才之助さん」

エミは才之助の手をしっかりと握りしめて、

「頼れるのはあなただけだわ！　私の力になって」

と、涙で潤んだ目で見上げた。

才之助の胸は感激に震えた。――この子のためなら、命だって惜しくない！

「俺が必ずお父さんを救い出してみせる！」

と、まるで当てのない宣言をして、その厚い胸に、きゃしゃなエミを抱き寄せたのだった……。

6　警告

「ああ……。怖かったわね！」

巨大なジェットコースターから降りると、南条麗子は膝《ひざ》がガクガク震えて真直《まつす》ぐに歩けなかった。

「お母さん」

と、サッちゃん、こと幸子が言った。「あんまりキャーキャー騒がないでね。恥ずかしいから」

「ご、ごめんなさい……」

と、麗子は謝った。

見ていて、ケンは笑いをかみ殺し、

「無理するな。苦手なものには乗らなきゃいいんだ」

と言った。

――別荘から車で一時間ほどの広い遊園地〈Sランド〉。

春休みなので、子供も多く、人気アトラクションには行列ができている。

「さあ、少しブラつこう」

と、ケンはサッちゃんの手を引いて歩き出したが、

「お父さん。私は大丈夫だから、お母さんの手を引いてあげて。迷子になるといけないから」

娘にここまで気をつかわれる母親も珍しいだろう。

「大丈夫よ。ちゃんとついて歩いてるわ」

と、麗子も言わざるを得ない。

「おっと。ちょっと待て」

ケンは、ポケットでケータイが鳴り出して、足を止めた。「サッちゃん、その売店にいるんだよ」

「うん！」

サッちゃんと麗子が売店へ行くのを見て、ケンはケータイに出た。

「俺だ」

「そっちは無事かい？」

と、美知が言った。

「ああ。何かあったのか」

「うちの若いのが殺されかけた」

と、美知は言った。「大岡もけがしたよ」

「誰がやった?」

「分らないんだ。どうも〈暗黒通り〉そのものを狙ってるらしい」

「そいつは厄介だな」

「そっちにも万一のことがあるといけないからね。今、どこ?」

「〈Sランド〉だ。麗子とサッちゃんは一緒だが……」

「母さんに用心するよう言っとくれ」

と、美知は言った。

「別荘を出た方がいいかな」

「うん、その方がいい」

「分った。地元の警察へ連絡しよう」

「用心しなよ。人ごみは危ない」

「ああ」

本当に急を要するときには、必要なことを手短かにしゃべる。ケンも美知も、そういう世界のことをよく分っている。

ケンは美知との通話を終えると、たった今、麗子とサッちゃんが入って行った売店の方へ目をやった。

あれだけ客で溢《あふ》れているのだ。まず大丈夫だろうが……。

しかし、「油断」とは正にそういう発想から来るのだ。

ケンは急いで売店へと向った。

中へ入ったはいいが、ともかく春休みということもあり、店内は凄い混雑。

どこだ？　――心配になると、ついあれこれ悪いことを考える。

ケンは人をかき分け、必死で二人を捜した。

しかし、かき分けるのにも用心がいる。何しろ周囲は十代の女の子がほとんど。うっかり胸やお尻に触って、痴漢と間違えられたら大変だ。

あの二人が行きそうな所……。しかし、いくら愛妻家のケンでも、麗子がどの売場にいるかまでは分らない。

そのとき、

「キャーッ！」

という叫び声がケンの耳に入った。

叫び声といっても、切羽詰ったものではなく、ほとんど誰も気にとめなかったが、ケンには確かに聞き憶えのある、妻の声だ。

大方の見当をつけて、棚の間をすり抜けて行くと、

「これは私が先に見付けたのよ！」

と、Tシャツを手に言い張っている麗子が目に入った。

「私よ！」

「いいえ、私！」

どうやら、そのサイズが一枚しか残っていないということらしいのだが――。

ケンは、麗子のそばで、他人事《ひとごと》のようにそっぽを向いているサッちゃんを見てホッとした。

「おい、どうしたんだ」

と、ケンが声をかけると、

「あなた！　いいところへ来てくれたわ。この子に、順番を守るということの大切さを教えてやって」

と、麗子は訴えた。

しかし――Tシャツを争っている相手は、どう見ても十三、四歳の中学生。

「なあ、いいじゃないか。何もそれでなくても」

「いいえ、そういう問題じゃないの！　これは人生に対する姿勢の問題よ」

「しかしだな……」

ケンも、こういうときに妻を説得するのがいかに大変か、よく分かっている。

サッちゃんがケンの方を見て、ちょっとウインクした。サッちゃんの目の向く方を見ると、明らかにTシャツより高いが、よく似た色のパーカー。

ケンは素早くそれを一枚つかむと、

「おい、これどうだ？　俺はこの方が似合うと思うぜ」

と、麗子の目の前に持って行った。

「だめ！　これでなきゃだめなの！　私はこの子の将来を考えて……。あら、これもいいわね。どこにあった？」

「な？　お前には断然こっちの方がぴったりだよ」

「そうね……」

麗子は、Tシャツを奪い合っていた女の子の「将来」も忘れがたいようだったが、

「──いいわ。私、これにする。じゃ、Tシャツはあなたに譲ってあげる」

相手の女の子は、

「当り前だろ、ヘン」

と、Tシャツを手に、舌を出した。

麗子はまた頭に来て、

「ちょっと！　大人に向ってその態度──」

と、食ってかかりそうになったが、ケンがあわてて、

「ともかくこれを着てみろ！　な、着てみないとサイズも色々ある」

と、麗子を試着室の方へと押しやった。

「ご試着なさいますか」

と、若い女店員がやって来て声をかけた。

「ああ、よろしく」

「では、こちらへどうぞ」

と、女店員が麗子を案内して行く。

「やれやれ……」

ケンは汗を拭《ふ》いた。「――そうだ」

ケータイを取り出し、別荘へかける。

「――あら、ケン？　麗子が何か壊した？」

華代の考えることも、よく分らない。

「いや、そうじゃないんですが。美知から連絡があって、ちょっと危ないことになってるかもしれないそうで」

「あら、そう」

それだけで通じるというのも凄い。

「戸締りを厳重にして下さい。地元の警察の知り合いをそっちへやります。一緒に別荘を出て下さい」

「分ったわ」

「松島《まつしま》という男です。段取りがついたら、また連絡を入れますから」

「待ってるわ。そっちも用心して」

「ええ」

ケンは通話を切って、「——何だ？」

サッちゃんが、ケンの腕をつついていたのである。

「靴が違う」

「——何だって？」

「お母さんを案内してった人、制服は同じだけど、靴が違ってた」

「靴？」

ケンは、忙しく立ち働いている女店員たちの足下へ目をやった。

制服の色に合せたグリーンの靴をはいている。

さっきの女店員は……。確かに黒い革靴だった！

「どこの試着室だ？」

サッちゃんが指さす。

ケンはそばの客をはね飛ばす勢いで、その試着室へと突進し、カーテンを開けた。

革ジャンパーの男が、麗子を肩にかついで、奥の仕切りを外して出て行こうとしていた。

「待て！」

ケンは男の足を払った。男がよろけて麗子を取り落とす。ケンは麗子の体を抱き止めると、店の中へ飛び出した。

そして大声で、

「誰か来てくれ！　倒れたんだ！」

と怒鳴った。

店員が駆けつけて来る。

「畜生！　逃げろ！」

革ジャンパーの男と、あの偽の女店員が店内を駆けて行く。

「大丈夫なの？」

サッちゃんが目を丸くして言った。

「ああ。クロロホルムか何かで眠らされただけだ」

ケンは、麗子を抱きかかえると、駆けつけて来た店員へ、「すみません。大したことはないと思うので。医務室は？」

「ご案内します」

少し年長の、責任者らしい女性が先に立って、客の間を通って行く。

「よく気が付いたぞ」

と、ケンは傍のサッちゃんへ言った。

「うん。――もう一つ」

「何だい？」

「そのパーカーのお金、払った方がいいよ」

麗子は、あのパーカーを着たままだった。

「うん、そういう事情なんだ。よろしく頼むよ」

ケンは、地元警察の松島という警官に電話を入れ、別荘の方へ行ってくれるよう頼んだ。

「分りました。ご心配なく」

気のいい男で、ケンはちょくちょく一緒に飲んだりしている。

「面倒なことで申しわけない。大丈夫だとは思うが、万一、別荘を狙う奴《やつ》らがいるとしたら、かなり危険だ。一人では行かない方がいい」

「承知してます。とりあえず、別荘の近くにいるパトカーに、派手にサイレンを鳴らして急行させます。もちろん僕も行きますが」

「そうしてくれると助かる」

「そっちは大丈夫ですか？　誘拐未遂となると、黙っておけませんが」

「ああ、気にはなるが、何しろ凄い混雑なんだ。ここで騒ぎが起ったらパニックになる」

「分りました。一応パトカーを一台、正門まで行かせます」

「ありがとう。よろしく」

向うは、計画的に仕掛けて来ている。どこかで食い止めなくては。

それにはまず、「先手を打つ」ことだ。

「あら、あなた」

麗子が意外に早く気が付いた。

「どうだ、気分は」

「ええ……。ここは？」

「園内の医務室さ」

「私……昼寝してたの？」

「おい……。昼寝で医務室にゃ連れて来ないぜ」

と、ケンはため息をついた。

「じゃあ……」

「試着室で、誰かがお前にクロロホルムをかがしたんだ」

「まあ！」

麗子は目をみはって、「そんなにこのパーカーが欲しかったのかしら？」

「そうじゃないんだ」

ケンは辛抱強く、状況を説明した。

「——私を誘拐？　まあ、ひどい！」

「全くな」

「私みたいな、何の罪もない、清らかな人間を誘拐したら、罰《ばち》が当るわ」

「ああ……。ともかく今日は引き上げよう。そのパーカーの代金を払ってな」

と、ケンは言った。

医務室から売店へ戻ったはずの、責任者の女性が、医務室へ駆け込んで来た。

「まだいらしたんですね！」

「どうかしたんですか」

「あのとき逃げた二人組らしい男女が、アトラクションの一つに入って、そこでお客様を人質に取っています」

「何だって？」

「そして、『客を解放してほしければ、南条麗子を渡せ』と言っているんです」

「物々交換なんて、失礼だわ」

と、麗子が憤然として、「私が意見してやるわ」

「おい、やめとけ」

と、ケンはたしなめて、首をかしげた。

それにしても無茶をする奴らだ。

たとえ人質と交換に麗子を渡したとしても、騒ぎになってしまったら、逃げ出せないだろう。――苦し紛れに取った行動なのかどうか。

「お客様が南条麗子様ですか」

と、売店の女性が言った。

「そうよ。でも、私は交換されるのはいや」

「もちろんです。これは私どもの手で何とかします」

「まあ、良かった！　ね、あなた。安心して帰りましょう」

「そうは行かないだろ」

「だって、私がもう帰ってしまった、って分れば犯人も諦《あきら》めて帰るわよ」

「そんなわけないだろ」

「――そうね」

と、麗子もさすがに肯いた。

「その現場の周辺は？」

と、ケンは訊《き》いた。

「人が大勢集まっていて。近付かないように何とかロープを張っています」

ケンはケータイを取り出して、美知へかけた。状況を聞いて、美知はすぐに、

「そいつは他に目的があるね」

と言った。「人目を引くためだよ」

「俺もそう思う。どういうことかな」

「私たちを狙って来るとすりゃ、一番の邪魔者は、ケン、あんただよ」

「そうか」

「あんたをおびき出す手じゃない？　そのアトラクションの前に姿を見せるのを、どこかからライフルで狙ってるとか」

「俺は大統領じゃないぜ」

と、ケンは苦笑した。「周りの野次馬の中に潜んでる方が簡単だ」

「それは確かだね。騒ぎになりゃ、それに紛れて中の奴も一緒に逃げられる」

「そうだな。――一つ、罠《わな》へ出向いてやるか」

「用心しなよ」

「誰か一人、生け捕りにしたい。黒幕を知りたいからな」

「手伝えるといいけど、こっちも〈暗黒通り〉の身内を守るのに手一杯でね」

「そっちはそっちで、しっかりやれ」

ケンは通話を切ると、「——そのアトラクションは何だい？」

と訊いた。

「〈ショッキングコースター〉です」

「一番人気の？」

と、麗子が言った。「じゃ、さぞかし行列ができてるでしょうね」

「そんなこと、心配するな」

ケンは麗子の肩を叩《たた》いて、「ちょっとここで待ってろ。片付けて来る」

と言った。

医務室を出ようとするケンへ、

「あなた！」

と、麗子が声をかけた。「戻るときに、ソフトクリームを買って来て」

新しいアトラクション〈ショッキングコースター〉に向う途中、売店の女性は、

「何かお手伝いできることは？」

と訊いた。

ケンはその女性を見て、

「あんた、名前は……小倉《おぐら》っていうのか」

と、名札に目をやる。

「小倉あゆみです」

「あゆみか、――いくつだ？」

「二十八ですけど」

しっかりした娘だ。自分の責任を果すことを心得ている。

「そうか。まあ、巻き込まれないようにしな。俺はこういうことに慣れてるんだ」

「でも――」

「警察はあてにならない。来る前に、こっちのやり方で欲しい情報を手に入れたい」

「分りました。お客様のおっしゃる通りにします」

と、小倉あゆみは素直に肯いた。

美人というわけではないが、確かに自分を持った女だ、とケンは思った。

「一つ頼みがある」

「何でしょう」

「周囲の野次馬を、できるだけ遠ざけてくれないか」

「分りました。――それだけですか？」

「まあ、もしできればでいいが、野次馬の中に潜んでいる誰かが、俺を狙ってくるかもしれない」

「見張っていればよろしいんですね」

「気付かれないようにね。こっちとしては襲って来てほしい」

「そんな……」

「何とか生きたまま捕まえたい。敵が誰か知りたくてね」

小倉あゆみは呆《あき》れたようにケンを見て、

「ずいぶん物騒なことをなさるんですね。本当におけがされては、私どもの責任になります」

「大丈夫。うまくやるさ」

ケンはニヤリと笑って見せた。「——どうやらあそこらしいな」

行く先に人垣が見えた。

「私、先に行って、ガードマンに野次馬をさげさせます」

と、小倉あゆみは駆け出して行った。

「見どころのある女だ」

と、ケンは呟いた。

〈ショッキングコースター〉は真新しく、人気のあるアトラクションだった。

ガードマンが、懸命に、

「さがって下さい！　さがって！」

と、集まった野次馬を押し戻している。

「――これでいいでしょうか」

と、小倉あゆみが訊いた。

「結構。後は任せておいてくれ」

「あの――南条様」

「何だい？」

小倉あゆみはていねいに頭を下げて、

「お気を付けて」

と言った。「奥様がソフトクリームをお待ちです」

「ありがとう」

ケンは微笑んでいた。

この場に麗子がいなくて良かった、と思った……。

ケンはコースターの乗り口へと足を進めた。

十段ほどの階段を上る。

「止れ！　誰だ！」

と、男の声がした。

「南条麗子の亭主だ」

ケンは階段を上って行った。

「止れ！」

男が、十二、三歳の女の子の首にナイフを突きつけている。

一緒に逃げたはずの、店員に化けていた女の姿が見えない。

「俺は南条麗子を連れて来いと言ったんだ」

「悪かったな。女房はあのショックで先に帰っちまった」

「嘘だ！　連れて来ないと、この子供の命はないぞ！」

追い詰められているとは思えない。声も手も震えていない。

やはり罠なのだろう。——女の方はどこに行った？

「なあ、何が目的か知らねえけど、素人《しろうと》を巻き込んじゃいけないぜ」

ケンは、話しながら歩いていた。

相手との距離を保ちながら、弧を描くように動いていたのである。

どこかからケンを狙っているとしたら、静止したところが狙いやすい。

「おい、ウロウロするな！」

男が苛立《いらだ》っている。

「万歩計のためさ」

「何だと？」

「体のために、できるだけ歩くようにしてるんだ。今日はまだ目標に達しないんでな。歩かせてくれよ」

「ふざけやがって！」

「ふざけてるのはそっちだろう。どうせすぐに警官がやって来る。逃げられないぜ」

「おい！　少しじっとしてろ！」

「分ったよ」

ケンは、足を止めた。

そのとき、入口の階段の方で、バン、と銃声のような音がした。

男がハッと目をやる。

ケンの体が宙を飛んで、真直ぐに伸びた足が、ナイフを持った手をみごとに捉《とら》えた。

ケンは女の子を抱きかかえると、入口へと走った。

「上にいる！」

と、女の子が言った。

ケンが頭上へ目をやると、屋根を支える鉄骨の間に、あの女がつかまっていた。

ケンと目が合うと、女はナイフを手に、ケンの上へ飛び下りて来ようとした。

そのとき——ヒュッと何かが空《くう》を切る音がして、女の頭に当った。

「アッ!」

と、声を上げ、女の手からナイフが落ちた。

そして女自身もバランスを失って落下すると、コンクリートの床に叩きつけられて、気を失った。

「畜生!」

自分のナイフを、ケンにけり飛ばされた男が、けられた手を押えながら逃げ出そうとした。

「止れ!」

ケンの声が鋭く響いて、男がギョッとして立ち止る。「一歩でも動くと、このナイフがお前の背中に飛ぶぜ」

ケンは女が取り落としたナイフを手にしていた。

「分ったら、そこへ座れ」

と、ケンは続けた。「死にたいか?」

男はペタッと床に尻をつけた。

「大丈夫ですか!」

と、小倉あゆみが駆けつけて来る。

「この子を頼む」

と、ケンは言った。「何か投げつけてくれたのは、あんたか?」

「手近にあった灰皿を投げました」

「狙い通りにぶつけるとは立派だ」

「昔、ソフトボールの選手だったんです」

と、小倉あゆみは、嬉しそうに言った。

「この二人に話を聞く必要がある」

と、ケンは言った。「あんた、すまないが、女房にソフトクリームを買って来てやってくれるか?」

「もちろんです! お客様第一ですもの」

と言って、小倉あゆみは笑った……。

7 脅迫

どんなに緊迫した場面でも、人間やはり眠いときは眠い。

両国才之助も、よくTVドラマで、張り込みをしている刑事が一睡もせずに頑張っているのを見て、

「俺《おれ》だったら、三日でも四日でも徹夜してやるぞ」

と思ったものだ。

しかし、父親をさらわれて、犯人からの連絡を待っている北条エミを見ている内、心から心配はしているのだが、いつしか瞼《まぶた》がくっつき、才之助は寝入ってしまっていたのである。

なぜか夢の中には、セーラー服を着た春子が現われ、

「才之助さん！　私との約束を忘れたの？」

と、恨めしそうな目をして言った。

「お前との約束？　何か食い物でも買ってやるって言ったっけ、俺？」

「違うわよ！　私たち、永遠の愛を誓ったじゃないの！」

才之助は目を丸くして、

「永遠の愛だって？　そりゃ『誓い』じゃなくて『違い』だな」

「才之助さん……」

春子はいつの間にかブレザー姿の、かよわい北条エミになり、「じゃ、私のこともただの『間違い』なの？」

「いや、とんでもねえ！　あんたは正真正銘の『永遠の恋人』だよ」

「嬉しいわ！」

エミが才之助に抱きついて来る。

才之助はエミを軽々と抱き上げて、

「相手が春子だと、こうはいかねえな」

すると、春子がまた別の話に現われて、

「私なら、あんたを抱き上げてみせるよ」

「そんなこと、してほしくねえよ」

「才之助さん……。あの大きい人は放っておいて、私たちで楽しみましょうよ……」

と、エミがやさしく才之助にキスしてくれる。

「ああ！　やっぱりこっちと比べるとな……。春子、達者でな」

「才之助さん、待って！」

春子が涙にくれながら、才之助にすがりついて来る。「私を捨てないで！」

「捨てるもんか。こんなでかいのは、『粗大ゴミ』の日でねえと」

——才之助はムニャムニャと呟いて、

「う——ん……」

と呻《うめ》いた。「粗大ゴミだ……」

「才之助さん、起きて！」

と、肩を叩かれ、

「え？」

ハッと目を覚ます。「——いかん！　眠ってしまったのか。こんなときに」

「いいえ、仕方ないわよ、くたびれてるんですもの」

と、エミが言った。

「何か連絡は？」

起き上って、才之助は言った。

「今、電話があったわ」

「何と言って来た？」

「お父さんの命を助けたかったら、三日以内に三億円用意しろって」

「三億……」

まあ、才之助にとっちゃ、「億」とつく金額は「一億」でも「一千億」でも同じことである。

そのとき、才之助は、居間の戸口に立つ少年に気付いて、目をこすった。

「——あそこに誰《だれ》かいるかね？」

「ああ、弟なの。孝志《たかし》よ。——入って」

エミが手招きしたが、少年は中へ入って来ようとはしなかった。

「人見知りなの。ごめんなさい」

と、エミが言った。

「いや、そんなことはいいんだ。——孝志君っていうのか。今、いくつ？」

「十五歳。中学三年生よ」

と、エミが答えた。「ね、孝志、大変なのよ。お父さんが誘拐されたの」

そう言われても、そのメガネをかけた神経質そうな少年は、

「へえ」

と言っただけだった。

「今、犯人から身代金要求の電話があったの。冗談でも何でもない。本当よ」

「うん」

少しも驚いている様子がない。「いくらだって?」

「身代金? 三億円よ」

「たったの?」

孝志は初めて表情らしいものを見せた。「三億円なんて、安過ぎない? あちこちに分散してる隠し財産だけでも何十億ってあるでしょ?」

「犯人に『もっと値上げして』なんて言えないでしょ」

と、エミは肩をすくめて、「それに向うは三日以内に用意しろと言ってる。短い時間で用意できるのは、そんなものよ」

「ふーん。――帰って来るの、お父さん?」

「帰って来なかったら困るでしょ」

「まあね」

ずいぶん変った子だ、と才之助は首をかしげた。

孝志は、

「じゃ、部屋に行ってるよ」

と言うと、スタスタと行ってしまった。

「――ごめんなさい」

と、エミは言った。「いつもあんな風なの」

「いや……。落ちついた子だね」

他にどう言っていいか、分らなかった。

「——ともかく、三億円を用意しなきゃ」

と、エミは言った。「でも、私なんか子供だから、いきなり銀行に行って、三億円おろそうとしたら、怪しまれるわね」

「そんな金、おろしたことがないから、分らないけど、たぶんね」

「——誰かに相談しないと」

と、エミは考え込んだ。

才之助は、こんなときに何もできない自分が情なかった。

「俺がおろしに行ったら……。もっと怪しまれるな」

と、自分で言っておいて、黙ってしまった。

「そうだわ。向うがね、名のったの」

と、エミはメモを取り上げた。「〈暗黒通り〉のボスで、南条美知って名のったわ」

南条？　才之助は、ちょっと首をかしげた。

どこかで聞いた名だ。

しかし、すぐには思い出せなかった。

「〈暗黒通り〉って何だい？　そんな通りがあるのか」

と、才之助は言った。「いつも停電してて暗いとか?」

「私もよく知らないけど」

と、エミは言った。「でも、友だちから話を聞いたことはあるわ」

「どういう場所だって?」

「何だか——元は商店街だったらしいけど、不景気でみんなお店が潰《つぶ》れて、誰もいなくなってしまったようなの。そこへ、不良とか暴走族とか、いろんな悪い人たちがいつの間にか住みついて、〈暗黒通り〉って呼ばれるようになったとか……」

「ふーん。東京ってのは面白い所だな」

と、才之助は腕組みして、「それってのは、つまり無断で住みついてるわけだろ? 家賃も払わないで」

「そうでしょうね」

「どうして警察が放っとくんだい? そんな奴ら、追い出しゃいいじゃないか」

「さあ……。私には分らないけど」

「そりゃそうだ。ごめんよ」

と、才之助はあわてて言った。「それでその何とかいう奴は……」

「南条美知。——〈暗黒通り〉を支配してるのは、若い女だって聞いたことがあるわ」

「女? 女なのか」

「ええ。きっと、この南条美知のことなのね」

才之助は少し考え込んで、

「すると——お父さんもそこに？」

「きっとそうだと思うわ」

「何としても救い出そう」

と、才之助は言った……。

「でも危険だわ」

「なあに、俺の取《と》り柄《え》は力だけだからね」

と、力こぶを作ってみせる。

「ありがとう、才之助さん」

エミは、才之助の手を取って、それを自分の頰《ほお》に当てた。

「〈暗黒通り〉ってのはどこにあるんだろう？　誰か知ってる人間がいれば……」

才之助は考え込んで、「まず、お父さんを無事に取り戻すことが大切だ」

「ええ、もちろん。私は何とかして三億円のお金を用意するわ」

「しかし、そんな悪い奴らのことだ、お金を出しても、お父さんを本当に返してくれるとは限らないんじゃないか？」

「でも……それを信じるしかないわ」

「分った。——よし、金は金で用意する。その一方で、俺は〈暗黒通り〉を捜し出して、お父さんを救い出す工夫を考えよう」

「才之助さん……」

エミはやさしく才之助にキスして、「でも、いけないわ、そんなこと」

「だめ？　どうしてだい？」

「万一、才之助さんの身に何かあったら、私、一生後悔することになるわ。これは、うちの問題なんですもの」

「水くさいことを言わないでくれ。俺は、あんたと、もう他人じゃないと思ってるんだ。妹のようだよ」

「妹？」

「だから、俺があんたやお父さんのために命をかけるのは当り前のことさ。そうだろう？」

「嬉しいわ。でも……」

「何だい？」

「才之助さん、妹とこんなキスするの？」

言われて、才之助の方が真赤になり、照れ隠しに、かぼそいエミの体を分厚い胸に抱き寄せたのだった。

「——苦しい。息ができないわ」

「や、ごめんよ！　大丈夫？　あばらが折れてないかい？」

「いくら何でも……。私、そんなにかよわくないわ」

「良かった！」

才之助は、エミをヒョイと抱き上げて、ソファに下ろした。

「さて、と……。〈暗黒通り〉がどこにあるか、どこで分るかな」

と、才之助は言った。「何しろ東京の地理には、とんと疎《うと》くてね」

「地図にはのってないわね」

エミが肯いて、「いいわ。私、知り合いの人を通して、方々に当ってみる。きっと一人くらいは知ってる人が見付かるわ」

才之助は、お金の用意も、〈暗黒通り〉捜しもエミに任せてしまうのでは、あまりに自分が役に立たない、と情なかった。

「待てよ」

才之助は呟いた。

そうだ。——少なくとも俺よりは東京に詳しいのがいる！

春子の奴に訊いてみよう。あいつだって、〈暗黒通り〉なんて知らないだろうが、万が一ってこともある……。

まるで忘れていたのである。

「〈暗黒通り〉のことは、俺に任せときな」

と、才之助は胸を張って、しかし、春子の勤めている先が〈南条〉だということは、まるで忘れていたのである。


ホテルの指定された部屋へ入ると、また牧野と東の正面から、強いライトが当てられた。

「あの……このまぶしいのは、勘弁しちゃもらえませんかね」

と、牧野が思わず言うと、

「何か文句があるのか?」

と、ライトの向うの男が言った。「何なら、この場で不始末のけりをつけてもいいんだぞ」

「分りました! 何も文句があるってわけじゃ……」

「それなら黙ってろ」

と、男は言った。「肝心の用件だけ話せ。忍び込む方法は見付かったのか」

「へえ。それが、おあつらえ向きの手がありまして」

「じゃ、やれそうなんだな?」

「お任せ下さい。俺たち二人の手にかかりゃ軽いもんで」

「それなら結構だ。ちょうど良かった。こっちからも話がある」

「何でしょう?」

「期限を切らせてもらう。三日以内だ」

牧野と東は一瞬、顔を見合せた。

「ですが一週間と——」

「事情が変った。しかし、いい手が見付かったのなら、三日で充分だろう」

「そりゃまあ……。やれないこともありませんが」

「じゃあ、やれ」

と、男は言った。「その代り、三日以内というのを、二日でやりとげりゃ、稼ぎの三割はお前たちにやる」

「三割……」

「一億の宝石なら三千万だ」

牧野と東は身震いした。

「やります!　必ずやってみせます!」

牧野の声も震えていた……。

その部屋を出た牧野と東は、早くも夢見心地である。

「三千万だぜ!」

と、東が言った。「俺、何しようかな、三千万あったら」

「何言ってやがる」

と、牧野は肩をすくめて、「俺は——もう宝石のまぶしさで目がくらんでるようだ」

あの部屋でライトを浴びていたからなのだが。

エレベーターで一階へ下りながら、

「いいか、もし宝石が二億なら、俺たちの取り分も倍の六千万だぜ」

と、牧野は言った。「三千万なんて、ケチなこと言うな。一人で三千万ずつだ」

「一人三千万か！　やっぱり俺、思いっ切りフグが食いたい！」

「俺は車を買うぞ。ベンツかポルシェか」

「三千万で買ったら、あんまり残らねえんじゃないか？」

「だから中古で買うんだ」

と言って、牧野は笑った。「よそう。実際に金が手に入ってから考えようぜ」

「ああ、そうだな」

「こういうのを、『虎《とら》とタヌキの皮算用』って言うんだ」

「へえ」

二人はロビーへ出たが、

「——おい待て」

と、牧野が言った。「二日でやれば三割、だったな」

「うん」

「二日って——今日も入れてか？」

二人は足を止めた。

「今日も入れて二日だと、明日までだぜ」

と、東が言った。「明日の夜にやったら、明日までに間に合ったことになるのかな」

「さあ……。明日届けろってことだと、今夜やらなきゃ」

「そううまく行くか？」

「分らねえが……。戻って、訊いてみるか？」

二人は顔を見合せた。

「やめといた方が良さそうだ」

「うん……」

「よし！　今夜やっつけよう」

と、牧野は言った。「どうせやるなら、善は急げだ」

「泥棒が善かい？」

東は妙なところで真面目《まじめ》なのだった……。

8　案内役

「さてと……」

春子は、スーパーの弁当売場で足を止め、

「今夜はどうしようかね。――あの二人は、〈特価品〉の、期限ぎりぎりので充分だけど。私は、そりゃあ重大な任務を果さなきゃいけないんだから、栄養つけないとね」

と、ひとり言を言っていた。

そして、散々迷った挙句、自分には、

「一人で留守番をして、偉い！」

と、ごほうびをあげることにして、〈松阪牛ステーキ弁当〉を買った。

そして、居候の二人には、

「これ以上は待っても安くならない」

と、見切りをつけて、〈ハンバーグ弁当〉を買ったのだった……。

他にも必要な物を買い込み、スーパーを出ると、

「持とうか」

と、いつの間にやら両国才之助がすぐそばを歩いている。

「結構よ。これぐらい楽々だ」

「そりゃ分ってるけどさ」

「それより、あのかよわい令嬢を抱っこしてあげたら？」

才之助は顔をしかめて、

「そう妬《や》くなよ」

と言ったので、春子はまたカチンと来た。

「誰が妬いてるって？」

「いや、それどころじゃないんだ」

才之助は突然本題に入って、「お前、〈暗黒通り〉ってのがどこにあるか、知らねえだろうな」

春子はちょっとびっくりした。知らないどころか！

しかし、才之助が、「どうせ知らないだろう」という口調だったのが、また春子の癇《かん》に障った。

「〈暗黒通り〉？　何よ、それ」

と、そっぽを向いて言っていた。

「やっぱりな。お前が知ってるわけがないと思ったんだ」

「それなら、訊かなきゃいいでしょ。東京の住人でも、私みたいに上品なレベルの人はね、〈青山通り〉とか〈竹下通り〉とか〈言われた通り〉とかは知ってても、〈暗黒通り〉なんてものは知らないのよ」

才之助は、ちょっと首をかしげたが、

「分った。悪かったな、邪魔して」

と、肩をすくめて、「自分で歩いて捜してみるよ。一日歩きゃ、いずれぶつかるだろう」

才之助が別れて行くのを、春子はつい見かねて、

「あのね、一日歩いたって、東京なんて回り切れないよ」

「心配してくれなくていい。俺の足だ」

「あ、そう。別に心配はしやしないけど」

と、春子はフンと鼻を鳴らして、「どうしてそんな〈通り〉を捜してるのよ」

「秘密だ」

「あ、そう」

こうなるとどうしようもない。

「じゃ、せいぜい捜して歩いてちょうだい」

「そうするよ」

と、才之助は応じて……。

二人は左右へ分かれて、スタスタと歩き出したが、十歩、二十歩と段々足どりはゆっくりになり、やがて二人とも立ち止った。

振り向くと相手もちょうど振り向いたところで、

「才ちゃん」

「春子」

二人はまた歩み寄った。

「――ひねくれた言い方をして、悪かった」

と、才之助は言った。

「こっちもね。つい面白くなくて……」

春子はちょっと笑って、「考えてみりゃ、才ちゃんがあんなお嬢さんに惚《ほ》れられるわけないもんね！　妬くだけ馬鹿《ばか》ってもんだよね」

「惚れられてる」

再び、やや無気味な沈黙があって、

「そうなの」

と、春子は肯《うなず》いた。

「うん。俺のことを愛してくれてるんだ」

嘘《うそ》のつけない才之助なのである。

「へえ」

春子の口調は突然冷淡になった。「良かったわね」

「だけど、あの子の父親がな、誘拐されちまったんだ」

「誘拐?」

「身代金目当てだ。何しろ、三日以内に三百円用意しろって要求して来てる」

「ずいぶん安値がついてるのね」

才之助は少し考えて、

「違った! 三億円だ」

「ずいぶん違うね」

「その犯人が〈暗黒通り〉って所のボスの女なんだ。ええと……南条何とかいったな」

春子は冷ややかに、

「できれば力になってあげたいけどね。やっぱり、私はそういう世界と縁がなくって」

「分るよ。――もちろん、三億円払う気ではいるんだ。でも、本当に犯人が人質をちゃんと返してくれるかどうか……」

「無事に戻って来るといいね」

「そうなんだ。何しろ、彼女の嘆きを見ていると、世界中の家を一軒ずつ訪ねて歩きたいくらいなんだ」

「まあ、頑張って」

「うん、ありがとう」

とりあえず、才之助は北条エミのことを心配するあまり、春子の不機嫌にもろくに気付かないまま、「じゃ、元気でな」

と、行ってしまった。

「——何だってのよ」

と、春子は才之助の後ろ姿を見送って、呟《つぶや》いた。「三億円だって三百億円だって、払やいいんだわ」

ムシャクシャしながら、春子は南条家へ戻った。

そして、苛々を忘れようと、

「こういうときは、食べるに限る！」

と、買って来たステーキ弁当をアッという間に平らげた。

そして、それでも充分にいやされなかったので、

「もう一つだ！」

と、牧野と東に買ったハンバーグ弁当二つの内一つを平らげてしまった。

「――少し落ちついた！」

とは言うものの……。

「二人で弁当一つじゃ、却《かえ》って争いの種になるわね」

と、残った一つも食べてしまったのである……。

それにしても、才ちゃんの馬鹿！

全く、自分ってものが分ってないんだからね、あの人は。

〈暗黒通り〉がどうとか言ってたわね。

誘拐？　南条何とか……。

「ええ？」

今になってびっくりしている。「まさか！　人さらいなんてやらないわよね！」

才之助は、春子の雇い主がその〈南条〉であることを、たぶん知らないだろう。ということは、美知が〈暗黒通り〉の主《ぬし》だということも……。

「三億円ね……。妙だわね」

大体、美知が金目当てに人を誘拐するとは思えない。

「どういうこと？」

春子はしばらく首をかしげていたが、「――そうか。直接訊いてみりゃいいんだ」

思い付くと、ちゃんと聞いてあった、美知のケータイの番号へとかけた。

「——あ、美知様ですか。お手伝いの春子です！　お忘れじゃないですよね！」

ややあって、

「忘れられやしないよ、そんなでかい声」

と、美知が言った。「一人で留守番なんだろ。大丈夫かい？　寂しくて夜は一人で泣いてるんじゃないの？」

「ご心配いただいて恐縮です」

「本気じゃないよ」

と、美知は笑って、「何か用だったのかい？」

「ええ、実は——」

「あ、そうそう。もしかすると、みんな少し早目にそっちへ帰るかもしれないよ。そのつもりでね」

「え？　何かあったんですか？　若奥様が食べ過ぎでお腹を痛くしたとか……」

「まあ、事情は姉さんから聞いとくれ。いや、ケンからだな。姉さんに説明させると分るものも分らなくなる」

と、美知は言って、「それで、用って？」

「はあ、あの……」

春子は、ちょっとためらって、「近々三億円入る予定はありますか？」

「三億円？　宝くじでも当る予定があるのかい？」

「いえ、もしかして、誘拐事件など、お起こしになって……」

「何だって？」

美知は少し考えていたようだったが、「なあ、そんな話、誰から聞いたんだい？」

「いえ、ちょっと、その――風の便りで」

風の便りでそんな話が耳に入るわけがない。

「どんな風だか知らないけどね、〈暗黒通り〉はどんなに落ちぶれても、そんな卑怯《ひきょう》な真似はしないよ」

「そう伺って安心しました！　どうもお邪魔して」

「あのね――」

美知が言いかけるのも構わず、春子は切ってしまった。

「才ちゃんたら、何を勘違いしてんだろ」

と、すっかり安心している。

これで安心しちゃいけないことぐらい分るはずだが、そこが「物事は深く考えると、疲れる」がモットー（？）の春子で、

「才ちゃんのことを、美知様に話すのもちょっと……」

と、思っていたのである。

そこへ、牧野と東の二人が帰って来た。

「早かったですね！」

春子は二人の夕食が消えてしまっていることに気付き、わざと大声で、「せっかく買ったお弁当を、カラスが持ってっちゃってね」

カラスなら反論できない。

「カラスが弁当を食うのか？」

と、東が目を丸くする。

「そりゃあ、最近のカラスは頭がいいんですもん。おはしだって器用に使うんですってよ」

いくら何でも言い過ぎたと思った春子、「じゃ、どうしましょうね。今からお弁当買って来るのも面倒だし、どうですか？　出前でも取ります？」

「ああ、そうしてくれ」

牧野がホッとしたように言った。

「何がいいですか？　うな重？　ザルソバ？　ピザ？」

「そりゃ、うな重だな」

と、東がすかさず言った。

「そうですよね！　じゃ、ピザにしましょう」

春子は手早く電話して、ピザを注文した。

——牧野と東は顔を見合せた。

東は相当にカッカしているが、牧野が、ここは辛抱しろ、と言うように、小さく肯いて見せる。

そして、牧野は咳払《せきばら》いすると、

「早速だが、君の力量の問われるときが来たんだ」

と、春子へ言った。

「女の子に、そんなこと訊くもんじゃありませんよ！」

と、春子は言った。

「——何のことだ？」

「私の重量でしょ」

「いや、そうじゃない。力量だ。つまり、早い話が、今夜、隣の宝石商宅へ、賊《ぞく》が侵入するという情報が入ったんだ」

「へえ。それじゃどうするんですか？」

「我々も忍び込んで、その賊を捕まえる」

「大変ですね！　ご苦労さま」

「いや……君も我々の仲間だろ？　ぜひ一緒に来てほしい」

「まあ、私が？」

「そうだとも。君なしでは、この計画は成功しない」

「そう言われると悪い気しませんね」

と、春子はニヤニヤして、「じゃ、やっぱり〈殺人許可証〉とピストルを――」

「そんな許可証はない！　我々だって持ってない」

「あら、そうなんですか」

「拳銃については、今申請中だ。まあ、何といってもお役所だから、多少時間がかかる」

「じゃ、今夜間に合わないじゃないですか。忍び込んで、銃撃戦になったらどうするんですか？」

「そこを何とか切り抜けるのがプロというものだ」

と、牧野は言った。「いいかね？」

「まあ、今日のところは辛抱しましょう」

と、春子は腕組みして、「その代り、ピザ代、払って下さい」

「いいとも！」

と、牧野は即座に言って、「――つ、け、はきくかね」

松島はまだ三十そこそこだろう。はっきりとものを言うのが気持いい。

「そのときはいつでも言ってくれ」

「よろしく」

と、松島は微笑んだ。「――しかし、今回の件、何が目当てなんでしょうね」

「分らないから用心してる」

と、ケンは言った。「世間にゃ、考えもつかないようなことで、人を殺したりする連中がいるんだ」

「分ります。この辺も以前は平和だったそうですが、最近は物騒になりました」

――車は、薄暮の道を〈Sランド〉へと向った。

そろそろ閉園が近い。駐車場も車はまばらだった。

車を降りたケンは、松島に手を振って、園内へと入って行った。

あの二人は、園内の医務室にいる。

ケンを手伝ってくれた小倉あゆみが見張りを買って出てくれた。

ケンは、〈医務室〉と書かれたドアをノックして、

「入るぞ」

と声をかけ、ドアノブに手を伸《の》ばした。

手が止る。

床に目が行った。床に二、三滴落ちているのは——血ではないのか。

ケンは青ざめた。

ハンカチを出して、ドアノブをそっと回し、ドアを開けると、

「あゆみ君。——いるか」

と、声をかけた。「南条だ」

中は暗い。

すると、

「ここです……」

と、かすれた声がした。

ケンは明りを点《つ》けた。——あの二人が、床の血だまりの中に倒れている。

「すみません……」

小倉あゆみが、衝立《ついたて》のかげからフラッと現われた。

「おい！　しっかりしろ！」

ケンはあゆみを支えた。手にべっとりと血が付く。

「すみません……。油断していて……」

「馬鹿！　そんなことはいいんだ。刺されたな？　待て。血を止める」

あゆみはケンの顔を見てホッとしたのか、ぐったりと床に崩れ落ちてしまった。

「畜生！」

あゆみは脇腹を抉《えぐ》られて出血がひどい。

ケンは急いで松島へ電話をかけた。

「分りました」

事情を聞いて、松島はすぐに言った。「救急車を大至急そっちへやります。僕もUターンして、そちらへ」

「頼む」

――ケンは自分を呪《のろ》った。

素人に、見張りなど頼んだ自分の責任である。敵がまさかここまでやるとは想像していなかったのだ。

出血を止める、できるだけの処置をして、ケンは大声で手近な所にいた従業員を呼び、園の入口で救急車を待っているように頼んだ。

「――しっかりしろ。すぐ救急車が来るからな」

ケンが手を握ってやると、小倉あゆみは目を開いた。

「お客様……」

「すまなかった。俺が悪い」

「いえ……。私が買って出たんですもの」

「犯人を見たか?」

「いえ……。ほんの一瞬のことで……。窓の外で物音がしたんで、ちょっとの間、外を見ていました。その間に入って来て……」

「そうか」

「私、その衝立をつかんで、相手が引きはがそうとするのを、必死でこらえてたんです。刺されたところも、夢中だったせいか、そうひどいとは思わなくて」

「よくやったよ」

「はい……。ちょうど、廊下を誰かが通りかかって、話し声がしたんで、犯人は逃げて行きました……」

「分った。もうあまり話すな」

「お客様のご要望に沿えず……申し訳ありません……」

「おい。冗談で言ってるのか?」

「間もなく閉園時間となります……。園内においでの……お客様……」

意識が混濁しているのか、園内アナウンスの文句を呟いているのだった。

「おい、死ぬな。——死ぬなよ」

ケンはあゆみの脈をみた。まだしっかり打っている。これなら大丈夫だろう。

「おい、死ぬなよ！　『お客の要望』だぞ！」

と、耳もとで言うと、あゆみは口もとに笑みを浮かべて、

「かしこまりました……」

と言った。


「まあ、あの売場の人が、そんな目にあったの？」

と、麗子はケンの話を聞いて言った。

「そうなんだ。病院へ運んで、幸い命は取り止めたが……」

「可哀《かわい》そうに。——あなた、結婚してあげたら？」

「おい……」


——麗子たちが避難（？）しているホテルである。

ホテルの中のレストランで、個室を借り切って食事をしている。

「じゃ、今回の旅行はもうここらで中止ということにする？」

と、華代が言った。「家へ帰ればすむことだし」

「いえ、それはいけないわ」

と、麗子は首を振って、「初めに決めた予定を変えると、良くないことが起るわ」

「しかし、様子がおかしい。〈暗黒通り〉も狙《ねら》われていて、美知の手助けも期待できないしな」

「天は自ら助くる者を助く、よ」

と、麗子は言った。「この間も、TVのリモコンが突然効かなくなったの。でも、私が色々試みた挙句、ふと思い付いて、電池を替えたら直ったの。それと同じよ」

どこが同じだ？

ケンは首をかしげたが、麗子はそう思い込んでいるのだから仕方ない。

「あれは運が良かったんだよ」

と、サッちゃんが言った。「あんだけ、踏んだり投げたりしたのに、リモコンが壊れなかったのは」

「良かったな……」

と、ケンは心から言った。

「じゃあ、ケン、美知の方に悪さを仕掛けて来ているのも、同じ連中だと思うの？」

と、華代が訊《き》く。

「偶然とは思えません。何が狙いなのか、よく分りませんが」

「人様に恨まれるようなことをした覚えはないけどね」

と、華代は首を振って、「まあ、世の中にゃ、いろんな人がいるものね」

麗子がポツリと、

「私の美貌《びぼう》をねたんでのことかしら？」

と言った。

「じゃ、美知おばちゃんも同じだね」

と、サッちゃんが言った。

「ともかく、美知のとこの大岡と、それと若いのが一人、ひどくやられて、瀕死《ひんし》の重傷だそうだ。こっちも、小倉あゆみがあんなにひどく刺されてる」

「気の毒にね」

「麗子を誘拐しようとした二人は、口封じのためでしょうが、殺されてます。小倉あゆみだけを殺して、二人を逃がすこともできたのに、僕が顔を憶《おぼ》えているから、念のために消したんだろう。向うのやり方は徹底してる」

すると、サッちゃんが、

「却って、今おうちに帰ったら危ないかもしれないね」

と言った。

「そうなんだ。事態がもう少しはっきりするまで、このホテルにいよう」

「おじいちゃんは大丈夫？」

と、サッちゃんが華代を見て言った。

「そうね。突然帰って来たりすることがあるから、連絡しといた方がいいかしらね」

「用心に越したことはありません」

と、ケンは肯いて、「お義父《とう》さんに連絡を」

「電話するわ」

――やや、沈黙があって、

「そうだ」

と、ケンは手を打った。「忘れてたぞ。うちには春子がいる」

「ああ、そうだったわね。誰か忘れてるような気がしたのよ」

と、麗子は言った。

「春子さんは大丈夫だと思うけどね」

と、華代が微笑んで、「春子さんを襲うなんて、恐ろしいことを考える人間がいるとは思えない……」

「しかし、部屋に戻ったら連絡しとこう。いくらあいつが丈夫でも、刃物や銃にはかなわない」

「そう?」

と、麗子が真顔で言った。

「あいつも人間だぞ。そうは見えなくても」

今ごろ春子がクシャミしているかな、とケンは思った。

「——何ですか、いきなり。ちゃんと名のって下さい」

「ケンだよ。俺の声が分らないのか?」

「分ってますけど、名のるのは礼儀というもんです」

「どうやら、その分じゃ大丈夫なようだな」

と、ケンは苦笑して言った。「こっちはちょっとしたトラブルに巻き込まれててな。もしかしてそっちも危ないことになってるんじゃないかと心配になったんだ」

「危ないこと、って? バナナの皮を踏んで引っくり返るとか?」

「今どき見ないギャグだな」

「どなたもご無事ですか?」

「一応な。しかし、美知の子分の大岡が刺された。他にもやられてるのがいる。用心しろ」

「分りました」

さすがに、大岡がやられたと聞いて、春子も真顔になった。「お手伝いすることが?」

「いや、今はまだいい。もしものときは飛んで来てくれ」

「十秒で行きます」

「無茶言うな」

「私の方はうまくやりますから。木登りは得意ですから」

「木登り？」

「〈殺人許可証〉はありませんが、日雇いのスパイということで」

「何の話だ？」

「あ！　――いえ、これは極秘事項でした。国家機密で」

「国家？」

「お帰りになったら、詳しくお話しします。続きをお楽しみに」

「TVの連ドラじゃないぞ。もし、いつもと変ったことがあったら、すべて疑ってかかれよ。いいな？」

と、ケンが念を押した。

「いつもと変ったこと？」

「そうだ」

「太陽が西から昇るとか？」

「あるわけないだろ」

「ともかく、いつもと違うことですね」

「ああ。どんな罠《わな》が仕掛けられてるか分らない。いいか、命を大切にしろ」

「若旦那《わかだんな》……」

「お前は南条家にとって、かけがえのない人間なんだ。分ってるな」

「はあ……」

「何を盗まれようが、家が丸焼けになろうが構わない。お前の命が大切だ。いいな?」

春子の両方の目から大粒の涙がポロポロと落ちた。

「お言葉、忘れません!」

「よし。何かあればいつでも電話しろ」

「はい!」

感激のあまり、春子はそれ以上言葉が出なかった。

電話を切ると、春子はさらに声を上げて泣き続けた。

牧野と東は、何があったのかと訊くのも恐ろしく、少し離れてその光景を見守っているばかりだった……。


「あれぐらい言っときゃ大丈夫だろう」

と、ケンは言った。

「春子さん、何て?」

「うん……。何だか妙なこと言ってたな。〈殺人許可証〉がどうしたとか、〈国家機密〉だとか」

「スパイ映画の見過ぎじゃない?」

「たぶんな……」

春子のようなタイプは、ほめちぎって感動させるのが一番だと、ケンは承知している。むろん、春子のようなお手伝いが二人といないことは本当である。

ケンのケータイが鳴った。

「もしもし」

「松島です」

「ああ、どうも」

「今、病院です。あの、刺された小倉あゆみさんは手当がすんで眠っています。輸血していますが、落ちついているようです」

「それは良かった」

ケンはホッとした。「警護をよろしく」

「ええ。ちゃんと見張りの警官をつけてあります」

麗子を誘拐しようとした二人を殺した犯人は、小倉あゆみに顔を見られたと思っているかもしれない。病院内であゆみが消されるようなことがあってはならない……。

ケンは部屋の中を歩き回っていたが、ふと足を止めた。

「いや……それはだめだ」

危険が大き過ぎる。

といって、こんな機会があるだろうか？　何もしないでいれば、また誰かが殺されるかもしれない。

「あなた、どうしたの？」

と、麗子が訊く。「またお腹が空《す》いた？　そんな顔してるわよ」

どんな顔だ？

「——そうだな。ちょっと下のラウンジでサンドイッチでも食ってくる」

「じゃ、私の分、持って来て」

「ああ、そうしよう」

ケンが部屋を出て、数歩行くとドアの開く音がして、

「一緒に行く」

と、サッちゃんがケンの手を取った。

「部屋にいた方がいい。買って持って来るから」

「でも、お父さんの話し相手になってあげないと」

「話し相手？」

「迷ってるでしょ、お父さん？」

「迷うって？」

「入院してるあゆみって人を囮《おとり》にして犯人をおびき出すってこと。その人が犯人の顔を見たってことにして」

「おい、サッちゃん、どうして分ったんだ、そんなこと」

ケンは唖然《あぜん》として、

「親子だもん。考えてることぐらい分るよ」

これが十歳の子の言うことか。

仕方なく、ケンはサッちゃんと一緒にティーラウンジへ行って、二人でサンドイッチをつまむことにした。

「――でも、罠だってこと、犯人にも分るんじゃないの?」

と、サッちゃんは訊いた。

「もちろんさ。見えすいた罠だ」

「じゃあ……」

「しかし、絶対に嘘だとも言い切れない。分るか?」

「うん」

「ほんの何パーセントかでも『本当かもしれない』と思えば、犯人は焦るはずだ。もし本当に顔を見られていたのなら、大変なことになる」

「じゃ、罠をかけるの?」

「それで迷ってる。確かに、そのやり方で犯人をおびき出すことはできるかもしれない。しかし、本当にあの小倉あゆみが殺されてしまう可能性だってある」

「見張ってても?」

「そこも微妙だ。あんまり厳重に見張っていたら、犯人がもし病院へやって来ても、諦《あきら》めて引き上げてしまうだろう」

「それじゃ意味ないもんね」

「ああ。といって、警備をあんまり少なくすると、いざってとき、小倉あゆみを守れないかもしれない。もし犯人を逮捕できても、彼女が殺されちまったらおしまいだ」

「うん……」

「もし犯人がやって来るとしても、一人で来るのか、何人かで乱暴に襲って来るのか、見当がつかない。どんな手で来るかもな」

「難しいね」

「そうなんだ。——しかし、今のところ俺たちや美知のところを攻撃して来てる連中について、全く見当もつかない。小倉あゆみを囮にするのは、手掛りをつかむ、数少ないチャンスだ」

ケンはため息をついた。「どうしたもんかな……」

サッちゃんはサンドイッチをつまんで、

「一番大事なことは？」

と言った。

「え？」

「一番大事なのは、そのあゆみさんの命でしょ？」

「まあ……そうだ」

「今、その罠を仕掛けなくても、犯人はあゆみさんを狙って来るかもしれないよ」

「それはそうだな」

「だったら、いつ来るか分らないのを待ってるより、おびき出して逮捕した方がいいんじゃない？　警察だって、いつまでも警備してくれるわけじゃないでしょ」

「そうだな……」

「あゆみさんが安全でいられるように工夫して、その上で罠を仕掛ける。――それしかないんじゃない？」

ケンはまじまじと我が子を見つめて、

「お前は正しい！」

と言った。

「じゃ、アイスクリームもね」

サッちゃんはニッコリと笑った。

10　守るか攻めるか

「どう思う?」

と、ケンは言った。

ケータイは、しばし沈黙していた。ケンは切れてしまったのかと思って、

「おい、美知。聞こえてるか?」

「聞こえたよ」

と、美知は言った。「サッちゃんは、あんたに似たのかね」

「そんなこと知らないけどな」

「でも、よく考えてる。私もサッちゃんの意見に賛成だよ」

「そうか」

「正直、ちょっとばかり反省させられたね」

「サッちゃんにか?」

「ああ」

美知は、のんびりと机の上に足をのせて、

「大岡がやられたのが、やっぱり自分で思ってる以上にショックだったんだろうね。ここをどう守るか、ばっかり考えてた」

「それも必要だぜ」

「ああ。でもね、今は相手がどう出て来るか見当のつかない状態。巻き返すには、向うが予想してない手に出ることだよ」

「相手も混乱するな」

「そう。私もトシだね。つい『守り』に入っちまってた。〈暗黒通り〉なんて、しょせんはただの商店街だ。一旦《いったん》向うに取られたとしても、向うを負かしゃ、いつでも戻って来れる」

「なるほど」

「それに、姉さんやサッちゃんを、この手で守ってやりたいからね。——その刺された女をエサにするなら、私も手伝うよ。警官だけじゃ心細い」

「ありがとう！」

と、ケンは言った。「じゃ、早速警察と打合せる」

「話を洩《も》らしそうなのはいないかい？」

「信用できるのが一人いる。話したろ？」

「うん。だけどね、本当に全く洩れなかったら、犯人はやって来ないよ」

「そうか……」

「ある程度知れていい警官もいないとね。その中から裏切る奴《やつ》がいて、初めて罠が完成だ」

「その通りだな」

ケンも、美知の話には教えられるところがあった。

いかに、わざとらしくないように小倉あゆみを守るか。それこそが第一である。

「もちろん、向うが引っかかって来るとは限らないけどな」

と、ケンは言った。

「やるからには、ちゃんと引っかかって来るようにやろうよ」

「まあ、そりゃそうだが」

「何ごとも中途半端にやると信じてもらえないよ。冗談かと思えるくらい、とことんやると、結構信用される」

「お前らしい言い方だ」

と、ケンは笑って言った。「よし。打合せて、また連絡する」

「ああ。こっちも考えとくよ」

「よろしく」

「そっちも、姉さんをよろしく頼むよ。この計画について、どこまで姉さんに知らせるか、考えないとね」

「なるほど。うっかりしてた」

と、ケンは肯いた。

――ケンは早速、警察の松島へ連絡を入れて、

「相談したいことがあるんだ」

と言った。「今から会えるか」

「もちろん。そっちへ行きますよ」

「それじゃ申しわけない」

「なあに、公僕ですからね。『御用聞き』みたいなもんです」

こういう警官も珍しいだろう、とケンは思った……。


どんなに頑張っていても、眠気に勝てないということはあるものだ。

春子の場合、ピザのほかに弁当を三つも食べていたわけだし……。

「おい。――起きろよ」

と、肩をつかんで揺さぶられ、春子は目を覚ました。

「ああ、よく寝た……」

と、大欠伸《おおあくび》して、「もう朝ですか？」

「いや、まだ真夜中だ」

と、牧野は何とか引きつった笑顔を作って、「すまないが、今夜の任務を果さないとね」

「あ、そうでしたね。大丈夫、ちゃんと憶えてますよ。気配でパッと目が覚めたでしょ？」

「うん、さすがは我々の仲間だ」

「いえいえ」

と、春子はニヤニヤして、「ちょっと顔を洗って来ます。頭がスッキリすると思うんで」

——春子が居間から出て行くと、

「何て奴だ」

と、東が言った。「さっきから十五分も起こしてたのに……」

「まあ我慢しろ。今夜の計画にゃ、あの女が必要だ」

「分ったよ。三千万だな」

と、東は自分へ言い聞かせるように言った。

「——何が三千万ですって？」

と、春子がヒョイと顔を出したので、二人は飛び上った。

「いや――何でもない」

と、牧野は平静を装って、「この辺じゃ、マンションも三千万くらいするだろうな、って話をしてたんだ」

「この辺のマンション？　三千万じゃとても無理ですよ！」

春子はタオルで濡《ぬ》れた顔を拭《ふ》きながら、「ま、安くて五千万、ちょっといい物件なら一億は用意しないと」

「そうか。高級住宅地なんだな」

「いえ、それほどでも」

と、なぜか春子が照れている。「何でしたら、お徳用の物件を捜してあげましょうか？」

「いや、それよりも今夜の任務だ」

「あ、忘れてました」

呑気《のんき》なスパイである。

「じゃ、出かけよう」

と、牧野は言った。

――三人は庭へ出て、隣家の庭へと塀越しに太い枝を伸している木の所まで来た。

「そんじゃ、いっちょ行きますか！」

春子はポキポキと指を鳴らして、「ヤッ！」

と、木の幹に手をかけると、その体からは想像もつかない身軽さで、スルスルと木を登って行った。

そして、太い枝にまたがると、牧野と東を見下ろして、

「さあ、どうぞ。登って来て下さい」

牧野も東も呆気《あっけ》に取られていたが、

「なあ、君……」

と、牧野は咳払いして、「我々はどうしても都会での任務が多いのでね。鍵《かぎ》を開けたり盗聴したり、といったことは得意だが、木登りはどうも……。あまり経験がない」

「あら、当然スパイは塀をよじ登ったり、水の上を歩いたりする訓練してるんだと思いました」

「忍者じゃないからね。——君は下にいて、我々が登るのを手伝ってくれないか。それから最後について来てくれ」

「はいはい」

春子はまた器用に下りて来ると、「じゃ、どちらが先に？」

「お前、先に行け」

と、牧野は東をつついた。

「俺《おれ》が？　——分ったよ」

東はいささか不安げだったが、「じゃ……行くよ」

「はい。じゃ、そこへつかまって」

と、春子は、へっぴり腰で木にとりついた東のお尻を、「エイッ！」と力をこめて押し上げた。

おかげで東は一気に太い枝まで達した。

「——いいぞ！　じゃ、私の方も頼むよ」

牧野は東より大分小柄である。しかし、春子の手助けで、何とか枝まで達した。

「よし、上手《うま》く行った！　おい、枝の先へと進め」

牧野がせっつくと、東は、

「あ、ああ……」

と、太い枝にまたがって、ジリジリと進み始めたが——。

これがそう簡単ではない。枝は平らじゃないし（当り前だが）、先へ行くにつれて、段々細くなるし、枝の上で動けばユサユサと揺れて……。

「おい、何してるんだ！　早くしろ！」

と、牧野がせっつくが、

「そう言うなって！　これでも少しずつ進んでるんだ！」

「さっきから十センチも行ってないぞ！　塀の向うまで行くころにゃ、朝になっちまう」

「じゃ、兄貴、先に行けよ」

「こんな所で追い越しできるか！」

二人がもめている間に、春子はどんどん進み、

「あの——後ろ、つかえてるんですけどね」

「分ってる！　急がしたって、無理なもんは無理なんだ！」

「でかい声出すな！」

さすがに春子も、

「本当にお二人さん、スパイなんですか？」

と、怪しみ始めた。

「も、もちろんだ！」

と、牧野は焦って、「本当のスパイってのは、こんなものなんだ」

「さよで……」

しかし、いくら太くて丈夫な枝でも、大の大人三人も乗っていれば次第にメリメリと音をたてて裂けて来る。

「あのですね――」

と、春子が言いかけたが、

「分ってる！　気が散るから話しかけないでくれ！」

と、東が言い返した。

「そうですか……」

春子は肩をすくめた。

牧野が、ふと眉《まゆ》をひそめて、

「何だか、この枝、少しずつ下ってないか？」

「下ってるんじゃありません、折れかかってるんです」

「ああ、そうか」

と、牧野は肯いてから、「――どうして早く言わないんだ！」

「気が散るとおっしゃったんで」

枝は幹のところから裂けて、大きく下った。当然のことながら、細くなった先端へ向って、枝はぐっと下りになったのである。

「あ、あ、あ……」

東はズルズルと枝の先へ向って滑り始めた。

「おい、落ちるぞ！」

「言われなくたって分ってる！」

しかし、そのおかげで東と牧野は塀の向う側へと落下したのだった。

「いてっ！」

いやというほど尻を打って、東と牧野は同時に声を上げた。

「おい、声を立てるな……」

「自分だって……」

「分ってるが、静かにしろ」

牧野は起き上って、「ああ、ひでえ目にあった」

「だけど——ここ、例の屋敷の庭だろ？」

「そうらしいな」

「やったぜ！　忍び込んだんだ」

「これを『忍び込んだ』と言えりゃな」

と言って、牧野はふと、「——あれはどうした？」

「あれ、って？」

「一緒に枝にまたがってた……」

二人は、やっと春子のことを思い出した。

当然のことながら、同じ枝にまたがっていたのだから……。

ミシミシ、メリメリ……。

二人の頭上で、無気味な音がした。二人は頭上を見上げて――。

春子が二人の真上に落下して来ようとしている。

「よせ！」

二人が同時に叫んだ。次の瞬間、春子の体が二人の真上に落下して来た。

「ワッ」

「ウッ」

微妙に二人は違う声を出した。

春子の軽からぬ体が、牧野と東の上に着地したのである。

「ああ……。良かった」

と、春子は息をついて、「いやに柔らかい所に落っこちたわね」

と起き上った。

「あら」

お尻の下に、目を回している牧野と東を見付けて、「どうりで柔らかいはずだ」

春子は立ち上って、

「もしもし、お二人さん」

と、声をかけた。「任務ですよ」

そのとき、どこからか明りが射《さ》して来た。

春子は初めて、今自分がいる「塀の向う側」の様子を見回したのである。

——庭は南条家ほど広くない。

レンガ造りの建物はかなり古く、つたが表面を這っている。

そして、今、そこの窓の一つに明りが覗《のぞ》いていた。

考えてみりゃ、これだけ騒音と悲鳴を発しているのだ。誰か起きて来ない方がふしぎだろう。

庭へ出て来るドアが開いて、庭が明るくなる。

まずい！　春子は、一瞬のびている二人をどこかへ隠そうかと思ったが、とてもそんな時間はなかった。

「——何か音がしたぞ」

「誰かいるのか？」

少なくとも二人は庭を見回している。

春子は素早く——体は大きくても、運動神経はいい——庭の茂みに身を隠した。

「おい、誰か倒れてる」

当然、捜すまでもなく、牧野と東は発見された。

ライトを手にした男が二人、庭へ出て来て、牧野たちの方へ歩み寄った。

「用心しろ」

と、一人が言って、「気絶したふりをしてるのかもしれない」

「熊《くま》に出くわしたわけじゃないぞ」

二人の男は拳銃を取り出した。——春子は息を呑《の》んだ。

牧野たちの上に落下したのは自分である。そのせいで二人が見付かって射殺されたりしたら、夢見が悪い。

「——おい見ろよ」

と、一人が言った。「枝が折れてる」

「そうか。隣の庭から枝を伝って侵入したんだな」

「だが二人も乗ったんで、枝が折れて落っこちた、か。それで気を失ってるんだ。ドジな奴らだ」

二人は笑って、足で牧野たちをつついたりしている。

まさか枝に三人で乗っていたとは思っていないのである。

そのとき、戸口の所にもう一人、白髪の紳士が姿を見せた。

「誰かいましたか？」

「中平《なかひら》さん、見て下さい。ここで二人のびてます」

中平か。——春子もそう聞いて、隣家が中平という名だと思い出した。回覧板などをこの家のお手伝いさんへ届けたことがある。

「これは……。南条さんのお宅から?」

と、中平という紳士は庭へ出て来て、枝の折れた木を見上げた。

「ご存知ですか」

「南条さんですか? むろんです。そう、確かご一家で別荘へ行かれているはずです」

「じゃ、その留守に忍び込んだんですね」

「二人とも——死んでるんですか?」

中平が牧野たちをこわごわ覗き込む。

「いや、気を失ってるだけです。まあ、手間が省けましたね」

と、拳銃をしまって、「おい、こいつらに手錠をかけよう」

牧野と東は気絶したまま、アッサリと手錠をかけられてしまった。

あらあら……。

春子としても、今はどうしようもない。

「やはり、泥棒が狙っているというのは本当だったのですね」

と、中平がため息をついて、「いや、刑事さんたちに来ていただいて、助かりました」

「これで安心ですな。——さ、中へ運び込もう」

刑事？　――春子は首をかしげた。

「おい、こいつ、牧野だぜ」

と、一人が言った。「牧野達吉だ」

「そうか。どこかで見た顔だと思った。じゃ、こっちはいつも相棒の……。何てったっけな」

「東だ。東一平」

「そうだった！　間違いない」

中平が牧野たちを覗き込んで、

「有名な泥棒ですか？」

と訊いた。

「というか、ケチなコソ泥ですよ。年中あちこちでちょっとしたものを盗んじゃ捕まってるんで、顔見知りなんです」

と、刑事が言った。「こんなお宅へ入ろうとするのが間違いだ」

「全くだ。慣れないことをやるもんじゃないな」

刑事たちが笑った。

「――中平さん」

と、二人の内、少し年長らしい中年の刑事が言った。「パトカーを呼ぶまでの間、この二人を中へ入れてよろしいですか?」

「もちろんです。私が電話しますか?」

「いや、大丈夫です。一時間ほど置かせていただければ」

「では、地下のワインセラーに入れますか」

「それはいい! ——おい、石田《いしだ》。ワインでも見せていただけよ。こいつはワインに目がなくてね」

「そうですか。では何かお気に召した銘柄があれば一本差し上げましょう」

「そいつは嬉《うれ》しいな。何しろ刑事の給料じゃ、いいワインにはとても手が出ません」

と、若い方の石田という刑事が言った。

若いといっても、そう違いはなさそうだ。

「ワインセラーの鍵を開けておきます」

と、中平が建物の中へ入って行く。

すると——明りに照らされた二人の刑事の顔から笑いが消えた。見ていた春子は、刑事たちの表情に、普通でないものを感じていた……。

「沢村《さわむら》さん、どうする?」

と、石田が言った。「この二人は予定外だな」

「まあ、待て。——こいつはうまい所へ飛び込んで来てくれた」

沢村という年長の刑事が言った。

「というと……」

「分らないのか？　すべて、この二人がやったことにできる」

「なるほど」

石田が肯いて、「いくら自分たちじゃないと言っても、誰も信じないな」

「言わせることはない」

と、沢村が冷ややかに、「こいつらは、仲間割れして殺し合うんだ。どっちも血まみれで見付かる」

「だが――肝心の宝石は？」

「模造品をこいつらのポケットへ入れておく。もともと偽物だったと思わせるんだ」

「なるほど」

「そして……あのじいさんもな」

と、沢村が言った。

「この二人が殺したと思われる、か」

「だから好都合なんだ。ツイてるぞ、俺たちは」

そこへ、中平が戻って来て、

「ワインセラーを開けました」

と言った。

「よし、運ぼう。——俺は牧野をかついで行く。石田、東の方を頼むぜ」

「ああ……。見かけより軽いな」

と、一人ずつが肩にかついで、中へ運び込んで行く。

「栄養が悪いんだ。いいものを食ってないんだろ」

笑い声が消え、庭が暗くなった。

——春子は立ち上ると深く息をついて、

「えらいことだわ」

と、呟くように言った。

それにしても、あの牧野と東の二人組。

「ケチなコソ泥」だって？

まあ、春子がいかに騙されやすいお人好しでも、確かにあの二人が「スパイ」だという話には、いささか怪しげな匂《にお》いをかぎつけていた。

「やっぱりねえ……。〈殺人許可証〉も持ってないし、木にも登れないなんて、そんなスパイ、いないわよね」

と、ピントのずれた疑念ではあったが……。

ともかく春子は、自分があの二人に騙されていたことは理解した。それは許せない！

この純真無垢《じゅんしんむく》な春子さんを騙すなんて！　人間として、生きている値打がないわ、とまで思った。

しかし、今目の前で聞かされた二人の刑事の話は、さらに入り組んでいて、春子には理解困難だった。ただ、春子の中では人間は「誠実か、そうでないか」の二種類。

その分類に従うと、牧野と東だけでなく、今の二人の刑事、沢村と石田も「誠実ではない」。

今の話では、牧野も東も殺されてしまいそうだ。しかも、あの中平という人まで殺そうという……。

本物の刑事なのだろうが、とんでもない奴らだ。

正直なところ、牧野と東がどうなろうと、春子は大して気にしていなかったが、手錠をかけられてワインセラーに放り込まれている姿を想像すると、いささか哀れではあった……。

さらに、春子が何より気になっているのは、「お隣さん」の中平が殺されそうだということ。

何も知らなかったのならともかく、知っていて殺人が起るのを放ってはおけない。

「天下のお手伝い、春子の名がすたるわ！」

と、春子は腕まくりしたのだった……。

11 〈暗黒〉より暗く

美知のケータイが鳴った。

「どうした？」

と、美知が出て訊くと、

「車が停《とま》りました」

と、美知の子分が言った。「四台……五台はいます」

「どこで停った？」

「ええ、親分のおっしゃった通り、かなり手前の公園の脇です」

「人数は分る？」

「暗いんで……。待って下さい。赤外線ので見ますから」

少し間があって、「――親分。ザッと数えて四十人近くいますけど」

「武器は？」

「銃を持ったのもいます。他にもたぶん……。でも、親分――」

「何だい？」

「見た限りですが……」

戸惑った声の報告を聞くと、美知は別に驚いた様子もなく、

「よし。あんたはその場所から動かずに、その連中の動きを見てておくれ」

「分りました。——今、そっちの方へ向いました」

「よし、分った」

美知は通話を切ると、立ち上った。

「全員をここへ集めな」

と、美知が命じると、たちまち〈暗黒通り〉の方々から一斉に子分たちが集まって来た。

「全員揃《そろ》ってるかい？」

と、美知は言った。「やって来たよ。むだな血は流さない。いいね」

美知が合図すると、子分たちが部屋の中央に置かれたテーブルをどかして、下に敷いてあるカーペットをめくった。

マンホールの蓋《ふた》が現われる。

その蓋を開けると、

「よし、順序よく下りるんだよ」

「承知しました」

左右の建物をチェックしつつ、その一団は〈暗黒通り〉を進んで行った。

通りは本当に「闇《やみ》」に包まれていた。

しかし、侵入者たちは予期していたのか、数人に一人が大きなライトを持って、周囲を照らし出している。その照明に、雨で濡れた家並が光る。

「どうやら本当に空っぽで……」

と、子分の一人が口を開いたときだった。

突然、建物の一つから爆音と共にオートバイが飛び出して来た。

あわてて左右へ割れる侵入者たちの中を猛然と駆け抜けて行く。

「撃って！」

と、ボスが叫んだ。「撃つのよ！」

いくつもの銃口が一斉に火をふき、バリケードを飛び越えようとするオートバイに銃弾が集中した。

オートバイは一瞬で火に包まれ、バリケードに突っ込んだ。

「やった！」

と、歓声が上った。

「静かに」

ボスは燃え上るオートバイへと近付いて行った。そして顔をしかめた。

革ジャンパーを着た人形が燃えていた。

「引っかけたんだ」

と、ボスは言った。「仕掛けた奴がまだどこかにいるわ。捜して！」

子分たちが一斉に散って行く。

――美知はすでにバリケードを越えて、建物の屋根の上に潜んでいた。

「驚いたね」

と呟《つぶや》く。「女か」

手にしたデジカメを一杯にズームさせ、燃え上るバイクの明りに照らされた侵入者のボスの顔を撮った。

まあ、自分だって女だから（一応は）、他人《ひと》のことは言えないが、それにしても、女だけのグループとは珍しい。

〈暗黒通り〉のリーダーとして、美知も同類のグループについては把握しているつもりだが、女だけの集団というのは聞いたことがない。

しかも……。

「ともかく、ごゆっくり」

と、美知は呟くと、素早く屋根を伝って〈暗黒通り〉から離れた。

待ち合せ場所に指定した公園に着くと、

「ご無事で！」

「良かった！」

と、子分たちが美知を取り囲む。

「親分にもしものことがあったら……」

と、泣き出すのもいる。

泣いているのは男ばかりだった……。

「親分、サインして下さい！」

女の子の方は、ちょっとピントがずれているようだ。

「――どういう奴らでしょうね」

と、子分の一人が言った。

「見たところ、ごく普通の女の子たちだったけどね」

と、美知は言った。

女の子たち……。

弘太を刺したのも女の子たちだったらしいと大岡は言ったし、大岡自身も、女にやられている。

「女は怖いね」

と、美知は言った。

「これからどうするんですか？」

と訊いたのは、さっきマンホールの所で美知と押し問答していた子である。

名を如月《きさらぎ》といって、姓は名のらない。ともかく美知を慕っている十八歳だ。

「あ、そうか」

美知は、一旦〈暗黒通り〉を狙う奴らに明け渡してしまうことで、相手の反応が混乱するだろうと読んでいた。

しかし、今夜どこへ泊るかまでは考えていなかったのである。

「困ったね」

「温泉一泊旅行でも？」

と、男の子分は呑気である。

「ちょっと。学校サボってんのとはわけが違うんだからね」

と、美知は言った。「――仕方ない。二、三日なら構わないだろ」

「どこですか？」

「私の家へ行こう。広いから、廊下ででも寝りゃ間に合うよ」

「わあ！　親分のご実家に泊るなんて！」

如月が飛び上って喜んでいる。

修学旅行みたいだね、と思いつつ、美知はみんなに、

「行くよ！」

と、声をかけた。

ゾロゾロと美知について歩き出すところは、正に「先生に引率される子供たち」そのものだった……。


「難しいですね」

と、松島は言った。「何しろ田舎の病院です。新しいので、この辺の病院としては大きいですが、入院患者もそう多くないし、働いてる医師、看護師の数も少ない。ここにこっそりと警官を配置するというのは……」

ケンにも、松島の言うことはよく分った。

「確かにな」

と、病院の周囲を歩きながら、ケンは言った。「まあ、とりあえずは小倉あゆみの命を守るのが第一だ。犯人の逮捕は他の方法でもできる」

病院の敷地はゆったりと広く、建物の周囲にも緑がある。こうして夜ふけに歩いていると、照明はあるものの、その合間の暗がりを抜けて病院へ近付くことは容易だろう。

「小倉あゆみさんの病室の警備は大丈夫です」

と、松島が言った。

「どうかよろしく」

と、ケンは頭を下げていた。

小倉あゆみが刺されたことには責任を感じているのである。

〈夜間救急口〉から病院の中へ入ったとき、ケンのケータイが鳴った。

「――もしもし、美知か」

ケンは、松島に先に行ってくれと手ぶりで合図した。

「――もしもし。――何だって？」

ケンは美知の話を聞いて、唖然とした。「女の子ばかり？」

「ああ。それも、見た感じじゃ十代だね」

と、美知が言った。「却って気味が悪い。用心しな。若い連中は先のことなんか考えずに行動する。私たちのように、損になるからやめよう、とか考えないことがあるからね――」

「確かにな。じゃ、今〈暗黒通り〉にその連中が？」

「占領したつもりになって喜んでるだろうよ。放っとくさ。そっちはどうだい？」

「病院の周囲は広過ぎてな。難しい」

「そうか」

「今、どこにいるんだ?」

「何しろ結構な人数なんでね。泊れる所といっても限られてる」

「なるほどな。——おい、待てよ。もしかして……」

「ちょっと『里帰り』させてもらってるよ。付き添いが大勢だけどね」

と、美知は笑ってから、「——そうそう。一つ気になるんだけどね。あのでかいのがいないんだよ」

「春子がいない?」

ケンは眉をひそめて、「そいつはおかしいな」

「だろ? まあ、屋敷の中は特に荒らされたりはしちゃいないけどね」

「留守を任されてることは分ってるはずだからな。あいつが家を放り出して、夜、どこかへ行くはずがない」

「何かあったのかもしれないね」

と、美知は言った。「よく調べてみるよ」

「よろしく頼む。何かあれば、いつでも知らせてくれ」

ケンは通話を切ろうとして、「待ってくれ! 思い出した。春子が妙なことを言ってたんだ」

「妙なこと?」

「〈国家機密〉がどうの、〈殺人許可証〉がどうしたの、ってな」

「ジェームズ・ボンドにでも、スカウトされたのかね」

「もう一つ、何か……。そうだ。『木登り』がどうとか言ってたな」

「木登り？　分った。あれが登れる木がうちの裏にあったかどうか分らないけど、調べてみるよ」

「よろしくな」

ケンが通話を切ると、またすぐにケータイが鳴った。華代からだ。

「もしもし、お義母《かあ》さん。何かありましたか？」

ケンはしばらく華代の話に耳を傾けていたが、「――お義母さん、お話はよく分りますが、しかし……。は？　――何ですって？」

と、ケンは思わず声を高くした。


いささか気が重かった。

「畜生……」

と呟いたのは、スポーツ刈りにした色黒な男で、車を国道に近いファミレスの駐車場に入れていた。

二人の若い弟分は先にレストランへ入っている。

「ちゃんと俺の分も注文しとけ！」

と、言ってやったのだが……。

全く、今の若い奴らは気がきかねえからな。

「〈定食〉でいい！」

と言ってやったのだが、二種類あったらどっちを頼めばいいか、それも自分じゃ決められないのだ。

見ろ、戻って来た。

「兄貴！〈定食〉のAとB、どっちにしますか！」

「どう違うんだ？」

「ええと……。値段が……」

「中身だ！　肉か魚かとか、何か違うだろう」

「よく見ませんでした。もう一度来ます」

「待て！　高い方を頼んどけ」

「分りました！」

ホッとしたようにレストランの中へ戻って行く。——全く、ガキばっかりだ。

男の名は皆川《みながわ》といった。解散してしまった暴力団の元組員で、行き場がなくて困っているとき、あの仕事が舞い込んで来た。

気は進まなかったが、食うに困る状態で、ぜいたくは言っていられなかったのだ。

しかし、物事は思ったように運ばなかった。

「——仕方ねえ」

これもビジネスと割り切るしかない。

本当なら女なんかに指図されるのは真平《まつぴら》なのだが……。

車の中でケータイを取り出す。

「——もしもし」

と、皆川は言った。「皆川ですが。——もしもし？」

「言っておいたはずよ」

と、女が言った。「すべて片付くまでは連絡しないで、って」

「はあ。しかし……」

「一つもうまく行ってないじゃないの」

と、女は冷ややかに、「南条麗子は誘拐できないし、やり損なった二人を殺して、居合せた女従業員は殺せずじまい。呆れたもんね。このままじゃ、前金も返してもらうわよ」

皆川はムカッとした。女にこんな言い方をされたことはない。

「ツイてなかったんですよ」

しくじったのは事実で、他に言いようがない。

「入院してる女は、あんたたちのことを見たの?」

「見られてない、と思いますが……」

「見ているって話よ。——せめて、その女だけでも始末して来て」

「ですが、病院の警備が厳しくて……」

「それがプロの言うこと? 何とかしなさい。そのために金を払ってるのよ」

「へえ……」

皆川は口を尖《とが》らした。

「女に叱られて腹が立つのなら、ちゃんと仕事をやってのけてごらんなさい」

ズバリと言われて、皆川はギクリとした。

「分りました」

「しっかりね」

通話は切れてしまった。

「畜生! 今に見てやがれ!」

と、毒づいてみても、金の払い手が強いのはこの世界も同じだ。

皆川は車を出て、レストランへ入って行った。

〈定食〉の高い方は、皆川の好みではなかった。——うまくいかないときは、こんなもんだ。

「兄貴、残りの金はいつもらえるんです？」

呑気に訊く弟分をジロッとにらんで、

「仕事が片付いてからだ」

「だって、片付いたんじゃ？」

皆川は答える気もしなかった。――「勤務時間が終れば、仕事も終り」ぐらいにしか考えていないのだ。

確かに、あの遊園地の女を始末しないことには……。

皆川も殺人容疑はかけられたくない。

あの二人を殺したのは、あの女の命令だった。しかし、遊園地の女が、もし皆川の顔を憶えていたとしたら……。

といって、どうやって病院を襲うんだ？

映画みたいに、マシンガンだのダイナマイトだのを持っているわけじゃないのだ。

「あ、飯が来た！」

と、無邪気に喜んでいる弟分二人。

男のくせに、「ジュン」と「ヒトミ」という、女みたいな名前だ。

しかし、名前が女みたいだからといって、看護婦の格好をさせても、とても女には見

と叫んだのである。

店内が騒然とした。

「一一九番へ連絡しろ！」

と、その客が怒鳴る。

皆川は、自分が見ていながら、他の客に「一番乗り」を取られて腹が立ち、

「やかましい！」

と、立ち上った。「一一九番するのは、この俺だ！」

ウエイターが、

「もう今、かけましたけど……」

と言った。

「何だと？　俺に断りもなくかけやがって！」

と、皆川はウエイターの胸ぐらをつかんだ。

「す、すみません」

「――まあいい」

皆川は席に戻ると、「ちゃんと飯を食おう。もったいねえ」

と、食事を続けた。

食べ終るころには、救急車やパトカーが何台もやって来て、一帯は騒然とし始めてい

た。

「へえ」

と、ジュンが感心したように、「こんな田舎なのに、救急車が沢山あるんですね」

「あるから来てるんだろ」

皆川は、外を眺めているウエイトレスへ、

「おい！　コーヒーだ！」

と、怒鳴った。

「連れてく病院があるのかな」

と、ヒトミが笑って言った。

皆川はふと、

「おい、今何と言った？」

「へ？」

「病院があるか？　——そうだな」

サイレンの音もけたたましく、救急車の第一陣が三台ほど走って行く。

「おい……。あの病院だ」

と、皆川が言った。「この近くで、救急病院のでかいのなんて、そうあるわけがねえ」

「そうですね。手伝いに行きます？」

と、ジュンが言った。「代りに〈ドック〉をタダにしてくれるかな」

「チャンスだ！」

皆川の頭にひらめいた。――この事故の負傷者が次々に運び込まれたら、そんなことに慣れていないあの病院はパニックになりそうだ。

マスコミも来るだろう。少々外部の人間が出入りしても、見咎《みとが》められることはない。

あの遊園地の女を片付けるのに、絶好の機会である。

「おい、行くぞ！」

と、皆川が立ち上る。

「え？　デザートとコーヒーが付くんですよ！」

と、ヒトミが声を上げた。

「馬鹿野郎！　デザートやコーヒーが何だってんだ！　まあ――もったいないけど」

正直、皆川もためらいはしたのだが、

「仕事だ！　急げ！」

と、思い切って怒鳴ったのだった……。

12　守るも攻めるも

「おかげさまで」

と、宝石商中平はグラスに年代物のワインを注いで、「あのエメラルドが無事に守られました。さあ、どうぞ一杯」

勧められた二人の刑事、沢村と石田は、

「いや……。一応勤務中ですから」

と、顔を見合せたが、

「いや、やはりここで遠慮しても、却《かえ》って失礼だ。いただこう」

と、沢村が言って、二人はグラスを手にした。

一口飲んで、

「これは旨《うま》い！」

と、石田がため息をついた。「さぞ高価なワインでしょうな」

「いや、売値でせいぜい二、三十万でしょう」

「充分高級品ですよ」

と、沢村が笑った。

「あの二人の泥棒はどうなるんですか？」

と、中平が訊《き》いた。

「ご心配なく。前科はあるし、今度刑務所へ入れられたら、何十年も出て来られませんよ」

「いや、それなら安心だ」

中平は自分も一緒にグラスを手にしていた。

「――おっと失礼」

沢村のケータイが鳴った。「――もしもし？　――沢村です。――ええ、こちらは安心してワインを一杯やってますが……。何ですって？」

沢村の声が鋭くなった。

石田と中平が手を止める。

「分りました。確認します」

と、沢村は言って、「中平さん。宝石は確かに無事ですか？」

「とおっしゃると？」

「捜査本部からですが、あのエメラルドを売るという情報が流れているというんです」

「そんな馬鹿な！」

と、中平は目を見開いて、「盗まれたとおっしゃるんですか？」

「ただの間違いならいいですが。――すぐに金庫を開けて、エメラルドがあるかどうか確かめて下さい」

「分りました」

中平はグラスを置くと、居間を出た。

地下へと階段を下りて行くと、分厚い鉄のドアがある。

中平は沢村と石田の方を振り向いて、

「申し訳ありませんが、この中へはどなたも入れないことになっていますので、ここでお待ち下さい」

と言った。

沢村と石田は一瞬目を見交わしたが、

「分りました。ここで待機してますから、確認して来て下さい」

「よろしく」

中平が鍵を開けて、中へ入って行く。

「――どうするんだ？」

と、石田が言った。「金庫はこの中なんだろう？」

「ああ。しかし強引に中まで入ろうとすれば怪しまれる。大丈夫。脅してやりゃ開けるさ」

沢村は上着の内側から拳銃を取り出した。

「出て来たところへ、こいつを突きつけてやる」

「早いとこ、宝石を持ってずらかろうぜ。あの二人も片付けなきゃいけねえしな」

と、石田は苛立《いらだ》って、「さっきのワインを飲み残したのが心残りだな」

「ケチなこと言うな。あのエメラルドを盗めば大金が入るんだ。ワインぐらい何百本も飲める」

「それもそうか」

と、石田は肩をすくめた。

そのとき、突然中平の声が二人の頭上から聞こえて来た。

「エメラルドは無事でした」

「びっくりした！　──天井のスピーカーだ」

「刑事さん」

と、中平の声は続けて、「ここは、外の様子がＴＶカメラとマイクで分るようになってるんです。今のお二人のお話、聞いておりましたよ」

沢村と石田はハッと顔を見合せた。

「畜生！」

沢村は鉄のドアを開けようとしたが、びくともしない。「おい！　開けろ！　ぶち壊してでも入るぞ」

「無理です」

と、中平が言った。「中からしっかりロックしてあります。それに、ここから外部へも連絡できるんですよ」

「何だと！　この野郎！」

石田が拳銃をドアへ向けて、たて続けに発射したが、弾丸がはじき返されただけだった。

「よせ。このドアにゃ歯が立たねえ」

沢村は唇をかんだ。

そして、ケータイを取り出すと、

「――もしもし。実はまずいことになりまして」

と、状況を説明した。「――すみません。相手を甘く見てました。――何です？」

沢村は相手の話に黙って耳を傾けていたが、

「――分りました」

と、通話を切って、「おい、中平さん、聞いてるか？」

と呼びかけた。

「聞いておりますよ」

と、中平の声。

「素直に金庫の中の宝石を出して渡すんだな」

「それよりお早く引き上げられた方がいいのでは?」

「孫の命が失くなってもいいのかい」

沢村の言葉に、中平もしばし沈黙していたが、

「何と言いました?」

「今、仲間があんたの娘夫婦の所へお邪魔してる。素直にエメラルドを渡さねえと、孫の命がないぜ」

「そんな……」

「嘘だと思うんなら、娘のとこへ電話してみるんだな」

中平はしばし沈黙した。

「――本当なのか?」

と、石田が訊く。

「そうらしいぜ。――大した奴だ」

スピーカーから、

「分りました」

中平の、感情を抑えた声が聞こえて来た。

「今、エメラルドを持って出て行きます」

「それがいい」

ややあって、ドアが重々しく開いた。

「お互い、これで幸せだな」

と、沢村はニヤリと笑った。

中平は布の袋を沢村へ渡すと、

「娘夫婦の所から引き上げさせて下さい」

と、厳しい表情で言った。

「待ってろ」

沢村は袋の中から、巨大なエメラルドを取り出して、息を呑んだ。

「それさえ手に入ればいいんでしょう」

「まあな。――連絡する」

沢村がケータイを取り出してかけた。

「もしもし。――ええ、今、確かに受け取りました。――分ってます」

沢村は肯《うなず》くと、通話を切って、「これが偽物でないってことを確かめたら、娘夫婦の所からいなくなる」

「見れば分るでしょう」

「俺は宝石屋じゃないんでな」

沢村はそう言うと、拳銃を持ち直し、「おい、石田。ワインセラーの二人を片付けて来い」

と言った。

二人の目が合う。

石田が牧野と東を、そして沢村が中平を殺すのだ。二人とも分っていた。

石田が急ぎ足で立ち去る。

残った沢村と中平の間に、重苦しい沈黙があった。中平はちょっと胸を張って、

「私も『片付ける』んでしょう」

と言った。「もうこの年齢《とし》だ。命は惜しくない。しかし、娘たちのことは助けてやって下さい」

「あんたに恨みはないけどな」

と、沢村は言った。「悪いが、何しろ刑事なんて安月給でね」

「私はあんたたちの顔を見ている。生きていられるとは思っていませんよ」

「娘さんや孫は大丈夫だろう。ただ、指示してるのは俺たちじゃないんでね」

沢村は銃口を中平の心臓辺りへ向けて、「化けて出ないでくれよ」と言った。

「死んだ後のことまでは、保証いたしかねます」

沢村も、さすがに刑事の身で人を殺すのは辛かった。しかし、今さら気を変えるわけにはいかない。

腹を据えて、引金に指をかける——。

ワインセラーへ下りて行くと、石田は手錠をかけられて転がされている牧野と東を見下ろして、

「気が付いたか」

と、ニヤついて、「お前たちみたいなコソ泥にゃもったいないような花道を飾らせてやるぜ」

「デカのくせに、俺たちを殺すのか！」

と、牧野は言った。

「妙なこと言うなよ。刑事が抵抗する泥棒を撃って、どこがおかしい？　だがな、お前らはエメラルドを巡って殺し合うことになってるんだ」

「ふざけるな！」

「挙句に二人相討ち。残ったエメラルドはイミテーション。お前たちは偽物の宝石を奪い合って死ぬ、という、まあお前らにゃぴったりの幕切れだ」

「待ってくれ」

と、牧野は言った。「じゃ、初めから俺たちが盗むことになってなかったのか?」

「お前たちなんかに盗めると思うのか? 聞いちゃいなかったが、たぶんお前らは俺たちのエサとして投げ込まれたのさ」

「畜生! あの野郎……」

と、東が歯ぎしりして、「人を馬鹿にしやがって!」

「そりゃ仕方ねえな。お前ら、本当の馬鹿なんだから」

と、石田は笑って、「迷わず成仏《じょうぶつ》しな」

と、銃口を牧野の方へ向けた。

すると、

「もう一人、馬鹿がいるけどね」

と、石田の背後で声がした。

「うん?」

石田が振り向くと、春子が右手に持ったワインボトルを、石田の頭へ叩《たた》きつけた。

ボトルが粉々に砕け、石田は頭からワインを浴びてよろけた。

「ワインが大好きだって？　たっぷり飲みな」

もう一本、左手に持ったボトルが、石田の頭に砕けた。倒れそうになる石田を、春子はぐいとつかんで、

「遠慮はいらないよ」

と言うなり、エイッと頭上高く石田の体を持ち上げた。

そして、ワインボトルの並ぶ棚へと投げつけた。石田はボトルの下敷になって、完全にのびてしまった。

牧野と東は唖然《あぜん》として、その光景を眺めていたが、

「あ……ありがとう！」

と、声を揃えて言った。

「本当なら、あんたたちもこうしてやりたいところだけどね」

と、春子がジロッとにらむと、二人は首をすぼめた。

「悪かった！　勘弁してくれ！」

と、牧野が言った。

「ま、しばらくここでこぼれたワインでもすすってなさい」

と言って、春子はワインセラーから出て行った。

沢村の指が引金にかかる。

だが――その指は引金を引かなかった。

沢村の目がふと宙に泳ぐと、そのまま突っ伏すように倒れた。

中平は目を丸くして、沢村の背中に突き立ったナイフを見ていた。

「――間に合って良かった」

と、ジャンパー姿の女が立っていた。

「あんたは……」

「お隣の美知ですよ」

「ああ！　あの双子の」

中平は大きく息を吐いて、「助かったよ」

「お隣のよしみで、放っちゃおけませんからね」

「娘の所にこいつらの仲間が行ってるんだ」

中平の話を聞いて、美知はすぐにケンへ連絡を入れた。

「――すぐ手を打ちます。大丈夫ですよ」

と、美知は言った。

「あれ？　美知様で」

春子がやって来た。

「あんたが枝を折ったんだろ？　来てみて良かったよ」

美知は春子の肩を叩いて、「〈殺人許可証〉はどうなったって？」

十分ほどして、中平の娘から電話がかかった。娘一家を脅していた連中は逃げてしまったということだった。

「良かった……。美知さん、あんたのおかげだ！」

中平は涙声で美知の手を握りしめた。

「何か落っこってますが」

春子が布の袋を拾った。「——へえ、きれいなガラス玉で」

「それはエメラルドです」

と、中平は言った。「値打は数十億。しかし、娘や孫の命に比べれば、どうということはない。お礼に差し上げたいが、残念なことに私の持物ではないので」

「こんな物もらっても困りますよ」

と、美知は言った。「おもしにもならない」

「親分！」

ドタドタと音がして、美知の子分たちが五、六人、如月を先頭にやって来た。

「何だ、ついて来るなって言ったろ」

「でも心配で……。このでかいのは？」

「失礼ね！」

春子は如月をにらんで、「南条家にこの人ありと知られた、お手伝いの春子さんだよ！」

「あ、口きいた……」

と、如月が目をパチクリさせた。

「しかし、〈暗黒通り〉を狙《ねら》ったのと、このエメラルドを狙ったのと、同時に別々に起ったとは思えないね」

美知は考え込んだ。

「もう一つあります」

と、春子が言った。

「何だい？」

「何でしたっけ？」

「あんたが言い出したんだよ」

「そうですね。——あ、才ちゃんだ！　誘拐の身代金が三億円」

「何だって？」

「〈暗黒通り〉の美知って悪い奴がさらったそうで。どこかで聞いた名ですね」

「私が？」

「あ、そうでした」

トンチンカンなやり取りの挙句、美知は春子の説明をやっと理解した。

「――じゃ、そのあんたの幼なじみだとかいうゾウの助ってのが、首を突っ込んでるんだね？」

「象じゃないです。サイです。才之助」

「ま、大して違わないよ」

と、美知は言った。「その誘拐事件ってのも何だか妙だね。誘拐犯がいちいち名のるかい？」

「そりゃそうですね」

「それで……。ああ、スパイだと言って、あんたを騙した奴がいるんだね？」

「ワインセラーで転《ころが》ってます」

「それと、もう一人の刑事も」

「のびてます」

話を聞いていた如月たち、数人の子分は、

「強いんだ……」

と、感嘆の声を上げて、「春子様！　子分にして下さい！」

と、駆け寄った。

「ちょっと！　あんたたちは私の子分だろ」

と、美知が呆《あき》れて言った。

「そうでした。二重子分ってのはいけません？」

「ともかく、その三人を運んどいで。そして逃がさないように見張るんだ」

「はい」

「これまでのやり方から見て、しくじった刑事を殺しに来るかもしれない。用心するんだよ」

「はい！　任せて下さい」

「お手伝いしましょう」

と、命拾いした宝石商の中平が言った。「この金庫の中に放り込んでおくとか」

「ありがとう。ともかく、連れといで」

美知が命令すると、春子も同行して、結局三人の内二人は春子が両手にさげて運んで来た。

「――呆れた。こぼれたワインで酔っ払ってる」

と、春子が牧野と東を床へドサッと落とす。

「いてっ！」

「おい！　もうちっとやさしく扱ってくれ」

「お二人さん」

と、美知が言った。「殺されてるところだったんだろ？　命があるだけ、ありがたいと思いな」

「だけど……」

と、牧野がふくれっ面になる。

「あの野郎！　許さねえ！」

と、東も怒りで顔を真赤にしている（ワインのせいもある）。

「その、のびてる刑事は見張っときな。あんたたちの話も聞きたいが、私はこれからケンの手伝いに行くからね」

「美知様、私も参りましょうか」

と、春子が言った。

「そうだね。キングコング一頭分くらいの力にゃなるね」

と、美知は肯いて、「あんたたち二人はよく反省しとくんだね」

美知は春子を促して、

「行こう。車、あるかい？」

「私のベンツをお使い下さい」

と、中平が車のキーを美知へ渡す。

「こいつはどうも」

「せめてものお礼です。車は差し上げます」

「私はオートバイにしか乗らないんでね。今だけお借りします。——行くぜ」

美知は春子と如月を連れて足早に中平邸のガレージへと向った……。

13　混　乱

「いいぞ！」

と、皆川は思わず呟いた。

思惑が当った。——目指す病院は、大混乱に陥っていたのである。

救急車が何台も正面に停っていて、白衣の医師や看護師が大勢駆け回っている。

「骨折の患者です！」

「火傷《やけど》の患者です！」

「ガラスで手を切って——」

「腹痛の患者です！」

それを聞いて、

「何だ、ありゃ？」

と、ジュンが言った。「事故と関係ねえんじゃねえの？」

「そんなこたあ、どうでもいい！」

と、皆川は言った。「ともかく、この隙《すき》に病院の中へ潜り込むんだ！　いいか、〈小倉あゆみ〉って奴《やつ》の病室を捜すんだ」

「どうやって入れば？」

と、ヒトミが言った。「どっこもけがしてませんけど」

「俺《おれ》、『人間ドック、お願いします』って、入りましょうか」

ジュンの言葉に、皆川はため息をついて、「こんな夜中の、事故で大騒ぎしてるときに人間ドックをやってるって言うのか？」

「ファミレスだって二十四時間やってますけど……」

「いいか！　けが人のふりをするんだ。――ヒトミ、お前、血を流して痛そうに呻《うめ》くんだ。できるな？」

「でも――血、出てませんけど」

「これがある」

皆川は得意気にポケットから袋入りのケチャップを取り出した。「さっきのファミレスから持って来たんだ」

「ケチャップ、あんまり好きじゃないんですけど。できたらトンカツソースが……」

「トンカツソースが血に見えるか！」

と、皆川は怒鳴った。「ほら、胸の辺りにケチャップをベタッと塗りつけるんだ」

「な、何か……くすぐったい！」

「馬鹿、おとなしくしてろ！」

ともかく、シャツの胸の辺りを真赤にして、皆川とジュンに両側から支えられ、ヒトミは外見は何とか「けが人」らしくなった。

「行くぞ！」

と、皆川が声をかけ、「――けが人です！　お願いします！」

救急車の間を抜けて、正面入口から中へ入ると、

「けが人？」

と、どっしりした、貫禄のある看護師がやって来て、「どこから出血？　まあ！　胸をやられてるじゃないの！　ちょっと！　ストレッチャー！」

若い看護師がガラガラとストレッチャーを押して来る。

「おい、少しは痛そうにしろ！」

と、皆川がヒトミの耳もとで言った。

「でも、痛くもないのに……」

「そうか」

皆川は、思い切りヒトミの足を踏みつけた。ヒトミは、

「ギャッ！」

と、声を上げ、「いてて！」

と、喚《わめ》いた。

「あら、痛そうね」

と、看護師が目をパチクリさせて、「じゃ、痛み止めを射《う》ってあげなさい」

と、若い看護師に言った。

「はい」

と、その場で白衣のポケットから注射器を取り出す。

「あの……」

ヒトミは、目を丸くしている間に、さっさと注射を射たれてしまった。

「さ、これで大丈夫。しばらく眠っちゃうから」

ヒトミがガラガラとストレッチャーで運ばれて行くのを、皆川とジュンは唖然として見送っていた。

「――どうします？」

「仕方ねえ。俺たち二人でやるんだ！」

と、皆川は気を取り直して、「中へ入るんだ！」

二人は病院の中へ入ったが……。

いくら田舎の病院でも、全部の病室を見て回ったら大変だ。

「どこかで訊こう」

と、皆川はナースステーションを覗《のぞ》いたが、ともかく事故のせいか、出払ってしまって、誰《だれ》もいない。

「畜生！　入院してる患者に何かあったら、どうするんだ！」

と、皆川は怒っている。

「俺、パソコンいじれます」

と、ジュンが言った。「調べられますよ、きっと」

「そうか？　じゃ、やれ！」

ナースステーションの中へ入ると、ジュンはパソコンの前に座って、キーを叩いた。

「患者の名前を入力……。何てんでしたっけ？」

「小倉あゆみだ」

「ええと……。ありました！」

「偉いぞ！　病室はどこだ？」

「ええと……。〈314〉ですね」

「よし、行こう」

皆川はホッとした。これで片付けられる。

廊下は、ひっきりなしに人が行き来している。二人は目立つことなく、エレベーターで三階へと上った。

三階の廊下はシンとして、人気《ひとけ》がなかった。

「——どうやって殺すんですか？」

と、ジュンは訊いた。

「相手はけがしてるんだ。簡単さ」

とはいえ、皆川も自信はなかった。

確かに〈Sランド〉で、あの二人を殺した。金のために、夢中でやった。

しかし、殺してから皆川はゾッとしたのだ。強がりは言っても、人を殺したのはあれが初めてだったのである。

この小倉あゆみって女を結局殺せなかったのも、二人やったところで緊張の糸が切れてしまったせいだった。

まあ、こうしてまた殺しに来ることになったが……。

「ここですね」

と、ジュンが病室の前で足を止めた。

「おい、ジュン」

「分ってます」

「そうか」

「ここでしっかり見張ってます」

皆川はジュンをにらんで、

「お前がやれ！」

「え？」

「お前も、度胸をつけるいいチャンスだ。立派に殺して来い！」

ジュンは青ざめて、

「でも……次の機会に、ぜひ。ここは兄貴の手柄にして下さい」

「怖いのか？」

「怖かない……ですけど」

「じゃ、やって来い」

「でも……俺、不器用なんで」

「つべこべ言うな！」

皆川はジュンの腕をつかんで、「一緒に入って、見ててやる！」

病室の中へ入ると、二人は早くも息を切らしていた。

「暗いですよ……」

「明りを点《つ》けろ」

「どうやって？」

「馬鹿！　スイッチがあるだろう！」

ジュンがしばらく手探りして、やっとスイッチを押し、明りが点いた。

ベッドに寝ている小倉あゆみの顔には、酸素マスクがかぶさっていた。しかし、どう見ても意識はないようだ。

「あれだ！　やれ！」

と、皆川に背中を押されて、ジュンはヨタヨタとベッドのそばへ……。

「あの……どうやって？」

「ナイフでひと突きだ！」

「ナイフ、持ってません」

「貸してやる」

「洗って返します」

殺し屋の会話とはとても思えない。

「こ、このへんですかね……」

「目をつぶってどうする！」

ガタガタ震える手で、ナイフの刃先をあゆみの心臓辺りに当てる。

「さ、一気にやれ！」

「――痛いでしょうね」

「痛いのはお前じゃない」

「あ、そうですね」

ジュンも度胸を決めて、大きく息を吸い込むと、

「ヤッ!」

と、ひと声、ナイフでぐいと突き刺す。「ごめんなさい!」

と——一瞬ののち、血がもの凄《すご》い勢いで噴き出した。

「ワァッ!」

皆川もジュンも一緒に声を上げて引っくり返った。血は消火ホースの如《ごと》く、猛烈な勢いで噴き上げて、二人の頭から降り注ぎ、二人とも真赤になってしまった。

「あわわ……」

二人とも、ナイフを抜くどころではなく、転るように病室から逃げ出してしまった。

静かになった病室の——隅のロッカーから出て来たのは、美知だった。

「おい」

「へえ」

と、ベッドの下から這《は》い出したのは春子である。

「あんたね……」

「いかがでした?」

「やり過ぎだよ。いくら力があるからって、ポンプを強く押しゃいいってもんじゃないだろ」

「はあ……」

「見な。天井まで真赤だよ」

「でも、うんと派手にやれ、と……」

「言ったけどさ、『椿三十郎』じゃあるまいし」

と、美知は腕組みして、「ま、向うさんは引っかかったろ」

美知が酸素マスクを外すと、マネキン人形の顔が現われた。

「それにしても、素人《しろうと》だね。殺す相手の顔も確かめないなんて」

「あの二人は……」

「ちゃんと尾行してる。——もう一人はどうしたんだろ?」

「さあ……。死んだんじゃないですか」

「簡単に殺すんじゃないよ」

美知と春子は廊下へ出た。

「——あ、毎度どうも」

と、ちょっと妙な挨拶《あいさつ》をしながらやって来たのは、貫禄のある看護師。

「ご苦労さん」

と、美知は言った。「あの二人の方は上手《うま》く行ったよ。もう一人は？」

「ああ、入院したのですね」

「入院？　どこか悪いのかい？」

「ここへ入り込むために仮病《けびょう》を使ったんで、注射で眠らせてやりました」

「そりゃいいや。じゃ、今も眠ってるんだね？」

「眠ってます、もちろん」

と、看護師は肯いて、「手術中ですから」

「手術？　何の？」

と、美知が目を丸くする。

「どこでも良かったんですけど、とりあえず盲腸でも取っとくか、ってことになって」

「悪くもないのに？」

「うちに入院したからにゃ、タダじゃ帰しません！　うちも商売ですから」

さすがに美知も唖然としたが、

「――じゃ、そいつから話が聞けるようになったら教えとくれ」

「かしこまりました。――あの患者、保険扱いじゃないんで、高いんです」

と、ニヤリと笑う。

何だか美知はゾッとした……。

「首尾は？」

と、やって来たのは母親の華代。

「上手くいったよ。でも、無茶するんだから！　奴らが小倉あゆみを殺しに来なかったら、全部むだになるとこだよ」

「でも、ちゃんとエサに食いついて来たんだろ？　良かったじゃないの」

華代は「後悔」というものにあまり縁がないのである。

「それにしたって……。一体支払いがいくらになると思うの？」

「別にあんたに払えとは言わないから、いいでしょ」

と、華代は平然としている。「それより、肝心の犯人は？」

「大丈夫。ケンが私の子分と一緒に尾行してるよ。必要なら、いつでも取っ捕まえられるさ」

「犯人が雇い主の所へ、本当に行くのかしらね？」

「こんな仕事の支払いは、銀行振込みってわけにゃいかないからね。現金をじかに受け取るさ」

と、美知は言った。

「こっちも『現金払い』にしないとね」

と、華代は言った。

「ぜひよろしく！」

と、看護師がもみ手しながら、「今、大変なんです、うちも」

「ま、大分無理言って協力してもらったからね。約束の額に二割のせましょ」

「ありがとうございます！　次のご用のときも、ぜひ当病院へ」

話を聞いていた美知は苦笑していたが、看護師が鼻歌混りで行ってしまうと、

「母さん、一体全部でいくらぐらいになるんだい？」

と、華代に訊いた。

「大したことないわよ。中古のバス一台は壊したから、スクラップにして売れるしね。ここへけが人を運ぶ救急車は撮影用、あとはエキストラのギャラ……」

「すぐ帰したら、向うにばれるよ」

「その入院費は、病院がまけてくれるってさ。――ま、ご苦労さん」

「私に言われてもね」

「私も活躍しました！」

と、春子が手を上げて、「木登りもしましたし、今のポンプも押しました」

「月給に、特別手当を付けてあげるわ」

「ありがとうございます！　百万円も付けていただけるなんて！」

「誰も金額は言ってないわよ」

「あれ？　聞こえたような気がしたんですけど」

と、春子は言った……。

「――ケンからだ」

美知はケータイに出た。「もしもし、今どこ？」

「車であの二人を尾行してる」

と、ケンは言った。「そっちは頼むぜ」

「ああ。あんたが帰って来るまで、ここを見てるよ」

「それにしても……。無茶な計画だよな」

「母さんでもなきゃ、思い付かないよ」

――犯人に「やる気」を起こさせるために、バスの転落事故をでっち上げ、負傷者で病院が大混乱に陥ったことにしたのである。

もちろん、そのバスの転落を、たまたま犯人たちがファミレスから目撃していたとは思いもしなかったが、ともかく、犯人はみごとに引っかかったのだ。

これで差し当り「小倉あゆみは殺された」ことになり、ニュースも流れる。

美知は、ケンとの通話を切ると、子分の一人にかけた。

「――私だよ。どうだい、そっちは？」

「〈暗黒通り〉でパーティをやってます」

と、〈暗黒通り〉の様子を見張っている子分が言った。

「酒かい？」

「それがどうも……。甘ったるい匂《にお》いがここまで漂って来て。どうやら、ワッフルとかピザとからしいです。飲物はコーラ」

「〈暗黒通り〉って名の甘味喫茶でも開くか」

と、美知は苦笑して、「じゃ、何か変ったことがあったら知らせとくれ」

――〈暗黒通り〉への襲撃、〈Sランド〉での事件、そして、南条家の隣の中平家のエメラルドを狙い、現職の刑事まで巻き込んでいる。

今、ケンが尾行している二人。そして、春子を騙《だま》そうとしたコソ泥二人。

連中を動かしているのは誰なのか。

「エメラルドね……」

あのコソ泥たちは、自分たちが騙されていたと知って頭に来ている。

「そうか……」

美知はケータイで、中平にかけた。

「――ああ、南条美知です。――車、もう少しお借りします。――ええ。それで一つ伺いたいんですがね。例のエメラルドですが、そっくりのイミテーションは本当にあるんですか？」

と、美知は訊いた。

「もちろんです。有名な宝石には、たいていイミテーションがあるんです」

「それは知ってますが……。そのエメラルドもどきの出来は？」

「傑作とまではいきませんが、素人目には全く分らないでしょうな」

「なるほど。それを少々お借りしてもいいですか？」

と、美知は言った……。

14　命がけ

「あれ？」

と、ハンドルを握っていたジュンが言った。

「――どうしたんだろ？」

車のスピードが急に落ち始めたのである。

「おい……。しっかり運転しねえか！」

と、皆川が助手席で怒鳴った。

「ちゃんとしてますけど……」

山道はまだ続いている。

しかし、皆川たちの車は、シューシューと息切れのような音をたてながら、ついに停《と》まってしまったのである。

「――兄貴、ガソリンが」

「何だと？」

「空《から》ですよ」

「畜生!」

皆川は舌打ちした。「ちゃんとメーターを見とけ!」

「すんません」

とはいえ、車は皆川のもので、逃げて来るときも、二人ともあわてふためいて、ガソリンが残っているかなんて、気にもしなかった……。

「こんな所にガソリンスタンドがあるのか?」

と、皆川はため息をついて、車から降りた。

「まだ当分なさそうだけど……」

と、ジュンも車を降りて、「――ね、ヒトミ、どうなったでしょうね」

「知るか」

「心配だな。――病院に戻りましょうよ」

「戻るったって、もういい加減走って来てるんだぞ」

と、皆川が言った。「歩いて戻るのか、こんな山の中を」

「そうですね……。ま、入院してんだから、病気にゃならないよな……」

と、ジュンは自分へ言い聞かせた。「やっぱり普段から人間ドックへ入っとくべきですよ」

「どうしてそういう話になるんだ」

——ともかく、二人はガソリンスタンドを求めて歩き出した。

右も左も深い森。前方にも明りらしいものは見えて来なかった……。

「——兄貴」

「何だ」

「もう一時間も歩きましたかね」

「まだ十五分だ」

「そうですか。——時計、止ってません？」

皆川にジロッとにらまれて、ジュンは口をつぐんだ。

「ああ……。くたびれた……。腹減った……」

「黙って歩け！　金をもらえば、何でも好きなだけ食える」

「金か……。そうですね」

二人は、しばらく無言で歩いていたが……。

「——兄貴」

「何だ、今度は？」

「いえ……。ちょっと気になって」

「何が」

「誰かついて来てませんか?」

そう言われて、皆川も気が付いた。

自分たちの足音と微妙にずれて、カツカツという足音が背後に聞こえる。

「誰でしょう」

「知るか」

こんな山中の道を歩いている物好きが他にいるとも思えなかったが……。

「いいか、向うをびっくりさせてやるんだ。一気にパッと振り向こう」

「分りました」

「まあガソリンは持ってないだろうけどな」

少し行って、皆川は、

「——いいか、やるぞ。一、二の——三!」

二人はパッと振り向いた。

月明りではあったが、二人から十メートルほど後ろで、それは足を止めた。

二人は目を疑った。

「兄貴、あれ……」

「ああ、見えるか」

「見えます」

ドラム缶くらいの大きさの猪《いのしし》が、じっと二人を見ていたのである。

「――あれ、本物ですかね」

「らしいな」

猪は、フーッと息を荒らげると、少し頭を下げ、鋭い牙《きば》をむき出しにして、突撃体勢に入った。

「やばいぞ！　逃げろ！」

二人は駆け出した。次の瞬間、猪が猛然とダッシュした。

人間、必死になると信じられないほどの力を発揮する――とはいうものの、限度というものがある。どう二人が頑張っても、「猪突猛進《ちょとつもうしん》」にはかなわないのだ。

「ギャッ！」

ジュンがお尻を牙で突かれて悲鳴を上げる。

「兄貴！　助けて！」

「馬鹿《ばか》！　自分のことで手一杯だ！」

必死で二人は走り続けた。

猪は、わざと少し間を空けては、また一気にダッシュして二人の尻を突いた。

「畜生！　――俺たちをからかってやがる！」

と、息が切れ、皆川はフラフラになっていた。

「兄貴……。追いつかれますよ……」

ジュンの方もかなりへばっている。

「走れ！　――俺は――座る」

ついに、皆川は路面にペタッと座り込んでしまった。ジュンも二、三メートル先に行って、ガックリと膝《ひざ》をつく。

「畜生……。殺すなら殺せ！」

やけになった皆川は路面に大の字に寝転った。ジュンも、ただ喘《あえ》ぐばかりで、

「殺してほしいわけじゃないよ……」

と、〈注〉を付け足した。

二人は汗だくで座り込んでいたが……。

「どうしたんだ？」

皆川が振り向くと、猪は二人から七、八メートルの所で立ち止っていた。

「――どうしたんですかね」

「くたびれたのかな、奴も」

「はあ……」

猪は、ジリジリと二、三歩退《さ》がると、クルッと二人にお尻を向け、走り去ってしまった。

「——逃げましたよ！」

「ああ……。俺たちの迫力に負けたのかもしれねえな」

と、皆川はハアハア息をしながら、額の汗を拭《ぬぐ》った。

「でも、お尻が痛いです……」

「我慢しろ。食い殺されるよりいいだろ」

「そりゃそうですが……」

「——ともかく、命拾いしたな」

二人はやっとの思いで立ち上ったが、膝がガクガクになっている。

「歩けません……」

「しっかりしろ！　若いくせに」

と、皆川はにらんで、「ともかく行くぞ」

「へえ……」

二人がヨロヨロと歩き出すと——。

「何だ？」

ドスン、と何かにぶつかった。

「壁があります」

「道路の真中に？」

二人は、一歩退がって見上げた。

目の前に、真黒な巨大な熊《くま》が、後ろ足で立ち上って、二人を見下ろしていた……。

「ギャーッ！」

「ヒェーッ！」

どっちがどっちの声か分らなかったが、皆川とジュンの二人の悲鳴が響き渡って、二人は共に哀れ熊のえじきに……なったわけではなかった。

「——何て声出すんだろ」

と、美知の子分、如月が顔をしかめて、「尻の傷の消毒されてるくらいで」

「気の小さい奴らなのさ」

と、ケンは言った。

それでも、あいつらは〈Sランド〉で、麗子を誘拐しそこなった二人を殺し、小倉あゆみに重傷を負わせたのだ。

正直、巨大な熊が現われたときは、あの二人がひねり殺されるに任せて見物していようかとケンは思ったものだ。

しかし、今はあの二人を辿《たど》って、仕事の依頼主を探り出さねばならない、と思い直した。

そこまでは車のライトを消して、二人から距離を置いて尾行していたのだが、猪に尻を突っつかれるくらいは笑いをこらえて見ていたものの、相手が熊とあっては——。

仕方ない、と、車を一気に加速し、近付いたところでライトを点けて、正面から熊の目に明りが入るようにした。熊はびっくりして逃げ出し、ケンは皆川とジュンを車へ乗せて、こうして近くの病院へ連れて来たのである。

猪の牙で尻を突かれてけがしている。破傷風《はしょうふう》にならないようにと、ていねいに消毒されているから、さぞしみるのだろう……。

刺された小倉あゆみはもっと痛かったんだぜ……。ケンは心の中で言った。

「ケンさん」

と、如月が言った。「美知さんとそっくりの奥さんがおいでなんですね」

「ま、見たところはね」

「羨《うらやま》しいなあ……。私、美知親分に惚《ほ》れてるんです。本当に心の底から。美知さんのためなら、いつだって命を捨てます。愛してるんです」

如月は、せつなげにため息をついた……。

「おい、まだ若いんだろ、お前？」

「十八です」

「そんな年で、死ぬことなんて考えねえもんだ。生きて楽しいことがいくらでもある」

「でも……美知さんは女の子を可愛《かわい》がる趣味なんてないんですよね」

と、如月は悲しげに、「私、小さいころから男の子に興味なくて。小学校でも中学でも、ずっと女の子に恋してました」

「それはそれでいいじゃないか。人が人を愛するだけだ」

と、ケンは言った。「美知だって、お前の気持に感謝はしてるさ」

「そうでしょうか」

如月の頰《ほお》がポッと染った。

「それより、十八じゃ、ご両親もおいでなんだろ？　いいのかい、〈暗黒通り〉なんかに住み込んでて」

「父は亡くなりました。母は再婚して、その相手が、高校一年生の私に手を出そうとしたんです。私、カッターナイフで相手傷つけちゃって……。でも母は私を叱《しか》って、相手の男をかばったんですよね。それで、私、頭に来て……」

やたら明るく見える如月の意外な話に、ケンはちょっとの間言葉がなかったが、

「なら、好きなだけ美知の所にいるがいい。あいつは、お前を救っちゃくれないかもしれないが、支えにゃなってくれるよ」

「はい！」

如月は明るい笑顔になって肯いた……。

——しばらくして、皆川とジュンの二人が青い顔でヨロヨロと診察室から出て来た。

「大丈夫か?」

と、ケンが訊く。

「おかげさんで……。命拾いをいたしました」

と、皆川が頭を下げた。

「あんなでかいのが出るんじゃ物騒だ。猪と熊のことは知らせといた。尻の傷は大丈夫か」

「痛《いて》えんですが、まあ命に別状ないと……」

「そいつは良かった。——ま、その様子じゃ車の運転もできねえだろう。東京へ帰るんだろ?　じゃ、こっちもどうせ同じ道だ。どこか、行先が分りゃ寄ってやるよ」

「ご親切に……」

と、皆川は感動している様子で、「俺たちみたいな者に、そこまでやさしくしていただいて……」

と、涙ぐんでいる。

「ありがとうございます」

と、ジュンが頭を下げ、「せっかく拾った命、これからは毎月人間ドックに入って長生きします。いえ、月に二回!」

「馬鹿言ってんじゃねえ」

と、皆川に頭をはたかれている。

ケンは苦笑して、

「じゃ、出かけようか。——車は少しゆっくり走らせてやるから」

「よろしくお願いします！」

と、二人は揃《そろ》って声を上げた……。


「やれやれ」

と、美知は如月からのメールを読んでふき出した。「——猪と熊か！　次は何が出て来るのかね」

美知は再びベンツを走らせ始めた。

「次はやっぱりゴジラでしょう」

と、春子が助手席で言った。

「その間に、あんたが出て来るかもね」

「熊とゴジラの間ですか？」

と、春子は腕組みして、「どっちが頭いいですかね……」

と、本気で悩んでいる様子。

——美知たちの車は、ケンを追い越して、すでに東京都内へ入っていた。

それにしても、あの病院に現われた二人、皆川とジュンという名らしいが、〈Sランド〉で人を殺しているものの、ケンの顔は見ていなかったのだ。幸運というものだろう。

どっちにとっても、だが。

これで、その男たちに仕事を依頼した人間が分れば、解決に一歩近付く。そして、今美知が計画していることが成功すれば、エメラルドを盗み出そうとした人間も分る。

「大岡……」

と、美知は呟《つぶや》いた。「痛いだろうが、我慢しな。敵《かたき》は取ってやるからね」

あの〈暗黒通り〉を占拠している女の子たちが、〈Sランド〉での事件、エメラルドの件にも係《かかわ》っていることは間違いないと思えた。

これだけのことが、偶然同時に起るわけがない。問題は、最終的な「目的」が、その内のどれなのか、ということだ……。

——やがて車は本来の居場所、中平邸の門を入って行った。

「お早いですな」

と、中平が出迎えてくれる。

「あの二人は、おとなしくしてますか」

「ええ、至って」

い状況だった。

――牧野と東は、美知の子分たちに囲まれて、おとなしくしていないわけにはいかな
「酔いはさめたらしいね」

と、春子が指をポキポキ鳴らして近付くと、牧野も東も真青になって、

「ご、ごめんなさい!」

と、這いつくばるように土下座した。

「この春子さんを騙そうとして、タダで済むと思ってんのかい!」

と、春子は腰に手を当てて、二人を踏みつぶさんばかりの勢いだった。

「申し訳ない!」

「どんなことでもして、お詫《わ》びします!」

「どんなことでも? 本当だね」

「まあ、そう脅かすんじゃないよ」

と、美知は言った。「あんたたちも、初めっからこけにされてたんだ。ちっとは腹が立つだろ?」

「もちろんです」

と、牧野が言った。「そりゃ俺たちは大物でも何でもないコソ泥だ。でも、どうして殺されなきゃならないんだ……」

「そうだよな」

と、東が肯いて、「俺たちは俺たちなりに必死だったんだ。——確かに頭は良かないが」

「分ってりゃいいよ」

と、春子は言った。「痛い思いもしたことだし、許してやるよ」

「ありがとうございます！」

「春子様！」

二人とも拝まんばかり。

「あの刑事は？」

と、美知が訊くと、

「まだのびてます」

「まだ？」

「気が付きそうになると、ぶん殴ってるんで」

「じゃ、後でじっくり話を聞こう。——な、あんたたち」

と、美知は牧野と東の方へ、「誰があんたたちをはめようとしたか、知りたくないかい？」

「知りたいですよ！　でも、話はしても、顔を見たことがねえんで……」

「こいつは――」

　と、美知が中平から借りたエメラルドのイミテーションを見せて、「素人なら本物と見分けのつかない偽物だ。これをその依頼主へ届けてほしいんだ」

　美知はその石を布の袋へ入れて、口を締めると、

「どうだい？」

「やります！」

　と、牧野は即座に言った。

「俺も」

　と、東が肯く。

「ただし、危険な仕事だよ。向うが罠《わな》と気付いたら、あんたたちは消されるだろう」

　二人はちょっと顔を見合せたが、

「――どうせ殺されるとこだったんです。やっつけてみますよ」

　と、牧野は言った。「な？」

「ああ。――死にたかないけどな」

「正直でいいよ」

　と、美知は笑って、「その代り、無事に相手の正体を暴けたら、今回のことは一切罪に問わない。――中平さん、よろしいですね」

「もちろんです」

と、中平が言った。「何なら、お二人に仕事をお世話しましょう。これから堅気《かたぎ》になっても遅くない」

中平の言葉に、牧野と東の二人は、しばし絶句していたと思うと、やがて泣き出してしまった。

「どうだろね」

と、春子が呆れたように、「単純な人間ってのは困りますね、全く！」

周囲がどう反応していいか当惑していることなど全く気付かず、春子はハハハ、と声を上げて笑ったのである……。

15　用済み

「あの……この辺で結構です」

と、皆川は言った。

「この辺？」

ケンは車のスピードを落としながら、「だけど、この辺に家なんてないぜ」

「はあ……。でも、この辺なんです」

「そうか」

ケンは車を停《と》めた。「まあ、いくら寂しい所でも、この辺に熊は出ないだろう。気を付けて行きなさい」

「ありがとうございました！」

車は都内に入っていたが、都心には遠く、この辺はまだ開発されていない雑木林だった。

皆川とジュンは車を降りると、

「どうも……。色々お世話になって……」

と、くり返しケンに礼を言った。

車が走り去るのを、二人は見送っていたが、

「兄貴」

と、ジュンが言った。「いいんですか、こんな所で？」

「ああ、いいんだ。金を受け取る場所だけは憶《おぼ》えてる」

あんまり自慢にはならないが……。

「でも──」

「この道を外れた所に車が隠してあるんだ」

二人は、夜道から外れて、林の中を手探りで進んだ。

「今度はタヌキでも出ませんかね」

「タヌキなら、殺されねえだろ。尻も突かれねえしな。いてて……」

皆川は尻をそっと押えた。

ゴーンと音がして、

「兄貴……。今度は頭にぶつかった……」

「待て。──車だ」

林の中が暗いので、車があるのに気付かなかったのである。

小型のバンが停っていた。林の反対側の砂利道から入って来たらしい。

ドアを開けて入ると、皆川はペンライトで座席を照らした。シートにケータイが置いてある。

皆川はそれを取り上げて、短縮番号を押した。

「──あ、もしもし」

少し間があって、

「ニュースを見たよ」

と、女が言った。「あの女をうまくやったようね」

「色々大変だったんです」

と、皆川は言った。「仕事をしたんですから、約束の金を」

「分ってるわよ」

と、女は言った。「もう、そこに用意してあるわ」

「え？」

「後ろの座席を見てごらん」

皆川はジュンの方へ、

「おい、後ろの座席に何かあるか！」

「へ……。あ、アタッシェケースが」

「それを寄こせ！　——ありました」

「そこに約束の金が入ってる」

「どうも……。この車はどうすれば？」

「そこまで心配しなくていいわ」

「あの——車がないんです」

「じゃ、その車もあげるわよ」

「こりゃどうも……」

「ご苦労さん」

通話が切れた。


「ずいぶん変な所で金を渡すんですね」

と、如月が言った。

ケンたちの車は先へ行って停り、そこから二人で戻って来た。

皆川たちの上着のポケットにこっそりマイクと発信機を入れ、話を聞いていたのである。

「——妙だな」

と、ケンは林の中を進みながら言った。

「あれですね、車」

と、如月が言った。

木立の間に白い車が覗いている。

「止れ」

と、ケンは如月の肩に手をかけ、身をかがめた。「——初めから車の中に金を置いとくなんて、そんな馬鹿な話はない。もし通りかかった人間が見付けて持って行ったら、どうする？」

「変ですね、本当に」

——二人の耳のイヤホーンに、皆川たちの浮かれた声が入って来た。

「早く開けましょうよ」

「焦るな！——これ、どうやって開けるんだ？ 重いぞ。中が詰ってるな」

聞いていたケンが、

「危ないぞ」

と言った。「開けるな！」

次の瞬間、車の中で爆発が起って、火花と炎が車の窓を突き破った。ケンは如月の上におおいかぶさって伏せた。

ガラスの破片が周囲の木立に当って音をたてる。

「――ど、どうしたんですか?」

と、如月が顔を上げる。

「アタッシェケースの中身は、金じゃなくて爆弾だったのさ」

と、ケンは言った。「大丈夫か?　けがしなかったか」

「はい、何とか……」

二人は立ち上った。

車は炎に包まれていた。

「あれじゃ……助かりませんね」

「ああ。アタッシェケースを開けると爆発するような仕掛けになってたんだろう」

人を殺しているとはいえ、こんな死に方をするとは……。

ケンはケータイを取り出し、美知へかけた。

「――そうか」

と、美知は言った。「用が済んだら、片付けるってことだね」

「ひどい奴《やつ》らだ。しくじったら殺す。うまくやっても殺す。――普通じゃないぜ」

と、ケンはため息をついた。「そっちはどうだ?」

「計画通りのはずだけどね。――でも、牧野と東もエメラルドを届けたところで用済みになるわけだからね。やっぱり消されるかもしれない」

「今、一人か」

「ああ。屋敷に戻ってる」

「どう思う? これはちょっとまともじゃないぞ」

「そうだね。こうも簡単に人を殺すなんて」

「普通なら、損得を計算して、殺すかどうか決めるもんだ。だが、この犯人は迷いも考えもなく殺してる」

「つまり——普通じゃないってことだね」

少しの間、二人とも黙った。

「どう思う?」

と、ケンはくり返した。

「〈暗黒通り〉を占拠したのは女の子たちだ。それも十代のね。——あれぐらいのガキたちなら、先のことなんか考えずに何でもやらかすかもしれないよ」

「俺もな、そう思ってた。ついさっきまでは」

「どういうこと?」

「ピストルやナイフはともかく、アタッシェケースに仕掛けた爆弾となると、子供に用意できるか?」

「そう言われてみりゃ、その通りだね」

「つまり、実行して、あのチンピラたちを使ってるのはその女の子たちかもしれないが、やはり裏には大人がいるんだ」

「大人ね……」

と、美知は考え込んだ。「つまり、ちゃんと得をするように計画してる大人がいるってわけだ」

「金だろうな、目的は」

「十中八九ね。——そのために子供たちを利用した……」

美知は、ふと気付いたように、「待っとくれ。今思い出した」

「何だ?」

「ちょっと妙だと思ったことがあったんだ。その後のドタバタに取り紛れて忘れてた」

と、美知は言った。「あいつら、危ないかもしれない……」


ホテルのロビーに入ると、牧野はケータイを取り出して、かけた。

「——どうした」

「やりました」

と、牧野は言った。

「つまり——」

「エメラルドを盗み出しました」

少し間があって、

「本当か」

「ここに持ってます」

「そうか。——今、ロビーに？」

「はい。東と二人で」

「よくやったな」

と、男は言った。「よし、今度は〈1903〉だ。上って来い」

「行きます。——金は？」

「心配するな。今、ここに一千万用意してある。石が本物か確かめたら、残金を渡す」

「安心しました。——よろしく」

牧野は通話を切ると、「行こう」

と、東を促した。

「兄貴……。大丈夫かな」

と、東は青くなっている。

「一旦《いったん》やると決めたんだ。なに、人間、いつかは死ぬんだ」

「でも、今でなくたっていいぜ」

と、東は未練がましく言った。

ともかく二人はエレベーターで十九階に上った。

「ここか」

〈1903〉のドアが、細く開いていた。

開けると中は暗く、そして正面からサッと照明が二人を照らした。

「――石をこっちへ投げろ」

と、正面の机の向うで、男が言った。

「へえ……。これです」

布の袋に入った石を、牧野が前に進み出て、机へと放り投げたが、届かずに床へ落ちてしまった。

「何をやってる。――拾え」

「すんません。思ったより重くて」

牧野が机の前まで進んで、身をかがめ、袋を拾い上げる。

そのとき、ドアを入った所に立っていた東が手にしていた懐中電灯を点《つ》けた。同時に、牧野は机の上のライトを叩《たた》き落とした。

懐中電灯の明りの中に浮かび上ったのは――。

「あれ？」

と、東が言った。

「馬鹿な奴だ」

と、男が言った。

男の手に拳銃が握られていた。二回、引金が引かれて、一発ずつ、牧野と東の胸に命中した。

二人は無言で崩れるように倒れた。

男は立ち上ると、

「慣れないことはするもんじゃない」

と言うと、エメラルドの入った布袋をポケットへ滑り込ませて、足早に部屋を出て行った……。


「才之助さん」

と、肩を揺すられて、ハッと目を覚まし、

「あ……。ごめん！　また眠っちまった」

両国才之助はブルブルッと頭を振って、「どうもいけねえ。田舎にいると、一日十二時間は寝てるもんで」

「いいのよ」

と、北条エミは才之助の頰《ほお》にそっと唇をつけて、「才之助さんの寝顔はやさしくて可愛いわ」

「そうかね……」

と、才之助が赤くなって、「でも今はお父さんを取り戻さなきゃ」

「あのね、〈暗黒通り〉の場所が分ったの」

と、エミが言った。

「それは良かった！」

「私、これから〈暗黒通り〉へ乗り込んで、南条美知と戦うわ」

と、エミは言った。「もし私が戻って来なかったら、才之助さん、少しは悲しんで下さる？」

「何言ってるんだ！」

才之助はいきり立って、「そいつと戦うのは俺の役目だよ」

「でも、向うは悪い奴なのよ。いくら才之助さんが強くても、殺されてしまうかもしれない。私、そうなったら生きていられない！」

と、エミは涙を浮かべて、ソファの上で才之助の広い胸にすがりついた。

「心配するなって！　俺は死にゃしねえよ」

と、才之助はやさしくエミを抱きしめた。

「じゃあ……本当に〈暗黒通り〉に行ってくれるの?」

「もちろんだとも！　さあ、案内してくれ」

「待って」

エミは立ち上ると、「明日の夜にはお金ができるわ。こっちがお金を持って行けば、向うだって油断するでしょ」

「それはそうだな」

「才之助さん、私……」

と、エミは頬を染めて、「こんなときだけど、あなたに身も心も捧げたい」

「エミさん……」

と、エミは才之助の手を握りしめて、「無事に父を取り戻せたら、私をあなたのものにしてちょうだい！」

「約束するわ」

才之助は身震いした。

「あんたのような、高貴なお嬢さんを……」

「私はただの女よ、才之助さんの前では」

エミは才之助を抱いて唇を重ねると、「――きっと無事で帰ってね」

と言った……。

16　夜の痛み

「あの二人も死んだか」

と、ケンは首を振って、「やっぱり無理だったな」

「ちょっと後味が悪いね」

と、美知が言った。

「気の毒なことをしましたな」

と、中平が言った。「せっかくやり直すつもりでいらしたのに」

——翌日の昼、南条家に中平がやって来たのである。

「この春子さんを騙《だま》そうとしたのは許せませんが、でも、どこか憎めないアホでした」

と、春子がしみじみと言った……。

「あのエメラルドのイミテーションは持って行かれてしまいましたが」

と、美知が言うと、中平は、

「いや、あれ自体は大して値打のないもの。もし、犯人がさばこうとして専門家に見せれば、すぐ偽物と分ってしまうでしょう」

と言った。

「しかし、一体犯人の狙《ねら》いが何なのか……」

と、ケンが腕組みすると、ややあって、

「ここはやはり、昼食にしましょう！」

と、春子が立ち上って、「腹が減っては戦さができぬ、と言います」

「戦さの前に、敵が誰なのか、それを突き止めないとな」

と、ケンが言った。「しかし――まあ、焦っても仕方ない。おい、春子。ラーメンでも作ってくれ」

「出前でいいよ」

と、美知が言った。「いつ何があるか分らないからね」

そこへ、

「親分！」

と、バタバタと子分が二人、駆け込んで来た。

「どうしたんだい？」

「あの――のびてた刑事が、殺されてます」

「何だって？」

と、美知は立ち上った。「見張ってたのは？」

「如月です」

美知は表情を固くして、

「じゃ、如月は？」

「連れ去られたようで……。姿が見えません」

「あいつ……」

美知が呟くように言うと、ケータイが鳴った。美知が出て、

「もしもし」

「美知さんだね」

と、女の声が言った。「子分の娘っ子は預かったよ」

「いい加減にしないと、火遊びが過ぎて火傷《やけど》するよ」

「こっちはね、あんたと勝負したいだけさ」

「じゃ、正々堂々とやりな」

「今夜〈暗黒通り〉へおいで。真夜中、十二時に、一人でね。五分でも遅れたら、この子分の命はないよ」

「分った。必ず行くよ」

と、美知は言った。「その子に手を出さないでおくれ」

「とりあえず、十二時まではね」

と、相手は笑って、通話を切った。

「如月のケータイだ」

と、美知は言った。「可哀《かわい》そうに……」

「——どうするんだ?」

話を聞いて、ケンが言った。「一人じゃ、いくら何でも危ない」

「あの子を死なせるわけにゃいかないよ」

と、美知は言って立ち上ると、「母さんたちに会ってくる。これが最後かもしれないからね」

「この春子さんがついて行きます! 美知様にゃ、指一本触れさせるもんですか!」

「気持は嬉《うれ》しいけどね、私も南条美知だ。たとえ向うが裏切っても、私は約束を守る。——私に万一のことがあったら、ケン、後は頼んだよ」

「ああ……」

美知は足早に居間を出て行った。

「勇ましい方ですな」

と、中平が感服した様子で言った。「とても女の方とは思えません」

「筋を通す奴なんです」

と、ケンは言った。「立派ですよ」

「でも……」

と、春子は不服そうに、「この春子さんの出番がないと困ります」

「心配するな。まず昼のラーメンを注文するんだろ」

「忘れてました！」

と、春子はあわてて電話へと駆け寄ったのである……。


「ここが〈暗黒通り〉か」

と、才之助は立ち止って、周りを見回した。

「本当に暗いな」

「ここへやって来るって」

と、エミは才之助にしっかりとつかまるようにして言った。「私……怖いわ」

「俺《おれ》がついてる。大丈夫だよ」

才之助はエミの肩をしっかりと抱いた。

――午前〇時まであと十分。

昼間に降った雨で路面は濡《ぬ》れていた。

ひんやりとした空気に包まれて、〈暗黒通り〉は静かだった。

広い通りと、その先の広場にも人の姿はない。

エミは片手にボストンバッグをさげていた。

「お金で済むことなら……。でも……」

「いや、たとえあんたのお父さんが無事に帰ったとしても、罪は償わせにゃならない」

と、才之助は言って、「――この辺で待とうか」

と、しっかり地面を踏みしめた。

「――あと五分」

と、エミは言った。

「離れてなさい。相手は悪党だ。どんな卑怯《ひきよう》な手を使ってくるかもしれない」

「でも……」

「さあ、少し向うへ」

「分ったわ」

エミは肯《うなず》いて、才之助から離れた。

すると――暗い道の奥に足音が聞こえ、少しずつ近付いて来た。

「才之助さん！」

と、エミが言った。「あの女だわ！」

革のジャンパーにジーンズの姿が、月明りに浮かび上った。

真直《まつす》ぐに通りへ入って来ると、才之助に向って歩を進める。

才之助はポキポキと指を鳴らした。

「約束通り来たよ。南条美知だ」

と、足を止め、「あんたは？」

「エミさんの味方だ。名は両国才之助」

「それで？」

「エミさんの父親を解放しろ。でなきゃ、ひねり潰《つぶ》してやる！」

「妙な言いがかりだね」

と、美知は言った。「人質を取ってるのはそっちだろ」

エミが、

「才之助さん！　騙されないで！　あなたを油断させようとしてるのよ」

と、声をかける。

「心配いらないよ。――こんな〈暗黒通り〉みたいな所に暮してるなんて、ろくな奴じゃねえ」

才之助が大股に美知に向って行く。

「力はありそうだけど、頭の方は空っぽかい？」

「何だと？」

才之助がムッとして、つかみかかろうとしたとき、

「待ちな！」

と、大声が響き渡って、「相手は私よ」

才之助が目をみはった。

「お前……」

春子がねじり鉢巻をして、美知の後ろから現われたのである。

「才ちゃん、あんたはそのエミって女に騙されてんだよ」

と、春子は言った。「その女の言うことは嘘《うそ》八百だよ。この美知さんはね、私のご主人の家族なんだ。どうしても戦うっていうなら、私が相手だ！」

「春子、馬鹿言うな！　そいつはエミさんの父親を誘拐して、身代金を要求して来た奴だぞ！」

「そんな話、どこから聞いたの？　その女の言ったことだろ。でたらめだよ。その女はただあんたの力を利用しようとしてるだけだよ」

才之助は顔を紅潮させて、

「エミさんの悪口を言う奴は、たとえ春子でも許さねえぞ！」

「じゃ、かかっといで」

「ああ！　俺はあの清らかなエミさんを愛してるんだ！　命だって惜しかない」

「才ちゃん。――あんたにゃ呆《あき》れたね」

「何だと？」

才之助が春子へ向って、ウォーッと声を上げて突進する。

春子は、身軽に傍へよけた。才之助は行き過ぎると、足を止め、向き直った。

「才ちゃん。子供のころ、よく相撲《すもう》を取ったね」

「あのころとは違うぞ！」

才之助が再び向って行くと、春子は正面からガシッと受け止めた。

春子をねじ伏せようと才之助が力をこめると――春子の体がぐっと沈んで、同時にクルッと背を向けた。才之助の巨体が宙に舞って、地面に叩きつけられる。

「いてて……」

才之助は呻《うめ》きながらも起き上って、「やったな！」

と、真赤な顔で怒鳴った。

「春子さんはね、合気道の心得があるんだよ」

「知るか！」

と、再びつかみかかる。

そのとき、車のライトが通りを照らした。

車が走って来て停ると、

「待て！」

と、ドアを開けて降りて来た背広姿の男。

「——誰《だれ》だ？」

と、才之助が手を止め、エミが息を呑《の》んだ。

「お父さん！」

才之助がびっくりして、

「何だって？　お父さんはあのとき遊園地で——」

「エミの父です」

と、男は言った。

「どうしてここに……」

エミは青ざめて、「ニューヨークじゃなかったの？」

「連絡をもらったんだ。エミ、お前のしていることを聞いた。だから飛行機でさっき成田へ帰ってきたんだ」

春子が言った。

「これで分ったろ？　エミって女の言うことはでたらめなんだよ」

才之助は愕然《がくぜん》として、エミの方を振り返った。

「エミさん！　これはどういうことだ？」

エミはちょっと息をつくと、手にしていたバッグを放り出して、笑った。別人のような笑いだった。

「でかいだけで、役に立たないね」

「エミさん……」

「せめて、大食いした分くらいは働いてほしかったわね。――お父さん、私はこの〈暗黒通り〉の支配者になるのが夢だったの。その美知って女を殺してね」

「エミ。悪い仲間から抜けていなかったのか！」

エミは声を上げて笑うと、

「仲間だなんて！　今は私がボスなのよ」

「エミ……。お前は――」

「一人で来るって約束よ」

と、エミは美知をにらんで、「あの娘の喉《のど》をかき切ってやる！　――殺せ！」

かん高い声が響く。

だが――建物の中から返事はなかった。

「――何してるんだい！」

と、エミが振り返ると、建物一杯に、明りが点いた。

そして中から出て来たのは――全く同じ格好《かっこう》の美知。

エミが唖然《あぜん》としていると、春子と並んで立っていた方が、

「美知の口調を真似したけど、似てた？」

「ああ、そっくりだったよ。姉さん」

「良かった。こういう格好は似合わないと思ってたけど、結構快適ね」

と、麗子が言った。

美知の後から、仲間に支えられて如月が出て来た。頭から血を流していたが、

「そう簡単にゃ死なないわよ！」

と、エミを見て言った。

「約束なんて、そっちが罠《わな》を仕掛けてたんだから、初めっから成り立たないさ」

と、美知は言った。

「――春子」

才之助が、体の力が抜けたように座り込んでしまった。

「才ちゃん。――あんたは東京にゃ向かないんだよ」

と、春子が身をかがめて才之助の肩を叩く。

「あんたの子分たちは、みんな眠ってるよ」

と、美知は言った。「こっちは〈暗黒通り〉の秘密の出入口もすべて分ってるんだ。

もっと用心しなきゃね」

建物から次々に美知の子分たちが現われた。

エミは立ちすくんでいたが――。

「畜生！」

と、顔を歪《ゆが》めて、「負けるもんか！」

エミの手に拳銃が握られていた。

「エミ！　もうやめてくれ！」

と、父親が言った。

「誰が――捕まるもんか！」

エミは銃口を美知へ向けた。

才之助が、そのときパッと立ち上ると、

「いけねえ！」

と、駆け出した。「やめるんだ！」

エミが銃口を才之助へ向けて引金を引いた。

才之助が腹を押えて、よろける。

「才ちゃん！」

春子が叫んだ。

「来るな！」

と、才之助が春子を止めて、「俺は大丈夫だ……。エミさん、いけないよ」

「来ないで！」

と、拳銃を構えたまま、エミは後ずさった。

「もうやめるんだ。――あんたはまだ若い。そんなことして、人生を捨てる気かね」

「放っといてよ！」

と、エミは叫んだ。「負けて謝るくらいなら――」

エミが銃口を自分のこめかみに当てた。

「エミ！」

「やめろ！」

才之助が腹から血を流しながら、駆け寄った。

エミは目をギュッとつぶって、引金を引こうとした。――しかし、引けなかった。

「さあ……」

才之助がエミの手から拳銃を取り上げると、

「これでいい。――これでいいんだよ」

と言った。

エミが崩れ落ちるようにしゃがみ込むと、才之助の腕の中で、声を上げて泣き出した。

「大丈夫だ……。もう安心して……」

エミを抱きかかえるように立たせると、「春子。——この子を責めないでやってくれ」

と言って——才之助はバタッと倒れた。

「才ちゃん！」

「救急車を！」

と、美知が叫んだ。

ケンが駆けて来ると、才之助の傷口を見て、

「出血を止めるんだ！　——傷口を押える布を！」

と怒鳴った。

エミは地べたに座り込んで、泣きじゃくっていた……。

17 結着

「お恥ずかしい話です」

と、北条弥吉は言った。「娘のエミは、小さいころは本当に素直で、明るい子でした。それが……」

——南条家の居間である。

昼近くになっていた。エミは、弁護士と父親が付き添って自首することにして、今は二階で眠っていた。

才之助と如月は救急車で病院へ運ばれ、春子もついて行った。

「何があったんですか」

と、美知が訊《き》いた。

「弟の孝志が、何がきっかけだったのか、学校へ行かなくなり、やがて家からも出なくなってしまいました。——つい、親としては孝志のことばかり気をつかって、難しい年ごろのエミに、ほとんど目を向けてやりませんでした」

と、北条は言った。

「その内に悪い仲間と――」

「ええ。気が付いたときは、家の金を持ち出したりして、もうすっかり深みにはまっていたのです」

と、北条は辛そうに、「叱《しか》っても説教しても聞こうとしません。――しかし、エミは決して学校はサボらず、成績も良く、世間的には『いい子』を演じてみせていました。それでついこちらも放っておくことに……」

「その間に、リーダーになっていたんですね」

と、ケンが言った。

「まさか、こんな大変なことを……」

と、北条が頭を抱える。

「どこで知ったのか、〈暗黒通り〉のことを聞いて、自分が支配者になりたくなったんですね」

と、美知は言った。

「しかし、あの才之助って人は、父親が誘拐されるのを見たらしいぞ」

と、ケンが言った。

「誰かを雇って父親役をやらせたのよ。そして、子分たちに誘拐の芝居をさせた」

「そうか。――まさか、才之助さんがうちの春子と幼なじみとは知らなかったんだろうがな」

「どうかね。うちのことをよく調べて知ってたんだから、春子のことも当然知ってたんだろ。その関係であの両国才之助ってのを見付けたのかもしれないよ」

美知は、北条へ、「エミさんの話を聞かないと分りませんが、うちの子分を刺したりしたのはエミさんの指示でしょうが、他の殺しは、エミさんだけのやらせたことではないかもしれません」

「といいますと？」

「エミさんの、〈暗黒通り〉を乗っ取りたいという思いを利用していた大人がいる、ということです」

「それは……」

「金目当てという、至ってありふれた犯罪です。――今はまず、その犯人を捕まえることが先決です」

と、美知は言った……。

「誠に申し訳ありません」

と、警視庁の幹部が深々と頭を下げた。

「いや、そう謝られても、こちらが困ります」

と、中平は穏やかに微笑《ほほえ》んで、「お気持はよく分りました」

「全く、どうお詫《わ》びしていいのか……」

――悪徳刑事二人に、危うく殺されかけ、エメラルドを盗まれそうになったというので、直接の上司とお偉方《えらがた》が、中平の所へ謝罪に来たのである。

「大勢の刑事さんの中には、それは道を踏み外す人もあるでしょう。しかし、大部分の方は真面目《まじめ》に私どもを守ろうと命をかけて下さっていると信じておりますよ」

と、中平は言った。

「そのお言葉、胸にしみます」

と、再び頭を下げて、「あの二人の背後関係については、徹底的に洗い出しておりま す。その間、このお屋敷の周囲は、特に念入りにパトロールをいたしますので……」

「お気づかいいただいて恐れ入ります」

と、中平も頭を下げた。

――客を玄関で見送ると、中平はホッと息をついて、

「ワインでも飲むか……」

と呟《つぶや》いた。

地下のワインセラーに下りて行くと、まだワイン浸しになっていた匂《にお》いがこもっている。

「匂いだけで酔いそうだな」

と、中平は苦笑した。

あの騒ぎで、大分貴重なワインもだめにした。しかし、まだまだ貯《たくわ》えはある。

「今夜は特別なのを飲もう」

と、中平は一本を慎重に選んだ。「――これにするか」

「一人で飲むのかい？」

と、突然声がして、中平はびっくりして振り返った。

「誰だ！」

――人の姿はない。しかし、

「俺たちも付合うぜ……」

と、声がした。「な、兄貴」

「ああ……。生きてる間は、ろくな酒を飲めなかったからな」

中平はワインボトルをしっかり抱きしめて、

「その声は……」

「分るかね、中平さん」

棚の奥から、牧野と東が現われた。

「お前たち……」

「足はついてるよ」

と、牧野は言った。「撃つなら、頭を撃つべきだったな」

牧野がシャツの前を開くと、防弾チョッキが覗《のぞ》いた。

「そうか……」

「しかし、あんたが俺たちを雇って、エメラルドを盗ませようとしてたなんてな。びっくりしたぜ」

「色々事情があったのさ」

と、中平は言った。「お前らには関係ないことだ。金にさえなりゃいいんだろ」

「まあね」

「それなら払ってやる。待っててくれ」

牧野と東は顔を見合せて、

「残念だけど、一度殺されかけて、信用しろって言われてもね」

と、東が言った。

「そうか。——じゃ、今あるだけの現金を持って行くか」

「どれくらいある?」

「たぶん……七、八百万だ」

「充分だ」

と、牧野が言った。「金庫か?」

「この中だ」

「何だって?」

「金庫に現金を入れといたら、税務署がうるさい。このワインセラーに隠してある」

「じゃ、出してもらおう」

「分った……」

中平は、ワインボトルを左手に持って、右手を棚の奥へ突っ込んだ。

そして――拳銃がその手に握られて出て来た。

「教えてくれてありがとう」

と、中平は言った。「今度は頭を撃つことにするよ」

狙いをつけて引金を引く。――しかし、カチッと音がしただけで、弾丸《たま》は出なかった。

「弾丸は抜きましたよ、中平さん」

と、美知が棚の間から現われた。

中平が青ざめた。

「どうして……」

「さっき謝って帰った警察の人が、表で待ってますよ。手ぐすねひいてね」

美知は牧野たちへ、「あんたたちも、命がけで役目を果したんだ。死んだと思って、新しい人生をやり直してみな。あんたたちはまだ若いんだ」

「でも――金はくれないだろ」

と、東がこぼした。

「命があっただけでもめっけもんじゃねえか」

と、牧野が東の肩を叩いた。

「畜生！」

中平が手にしたワインボトルを二人へ投げつけて、ワインセラーの階段を駆け上った。

しかし……。

「ワーッ！」

という叫び声と共に、中平の体はワインセラーの床へと叩きつけられ、のびてしまった。

「生きてますか？」

と、春子が顔を出した。

「息はあるよ」

「春子さんを騙すような真似したらどうなるか、思い知らせてやらないとね」

と、春子はニヤリと笑い、牧野と東はゾッとして、二人して声を揃《そろ》えて、

「失礼しました！」

と、深々と頭を下げたのだった……。

エピローグ

「ホテルなら分るけどな……」

と、ケンが苦笑して、「病院でワンフロア貸し切りってのは聞いたことないぜ」

「母さんが決めたことだからね」

と、美知が言った。「面倒だから、一つ所にまとめちゃえ、って」

——病院の廊下は色々と見舞客が行き交っていた。

何しろ、美知の子分だけでも、大岡、大木《おおき》弘太、如月の三人が入院している。

加えて、両国才之助に、〈Sランド〉の小倉あゆみも。

付け加えると、あと一人、あの殺された皆川とジュンの仲間、ヒトミは、あの病院でたまたま本当に虫垂炎《ちゆうすいえん》だったというので手術を受け、まだあそこに入院していた……。

「ずるいわ」

と、麗子が不服そうに、「私も入院して、のんびり遊んでいたい」

「お母さん」

と、サッちゃんがたしなめるように、「そんなの、本当に病気の人に失礼でしょ」

「ごめんなさい……」

美知はふき出した。


「親分……」

大岡がベッドで微笑んだ。

「どうだい？」

「これくらいの傷じゃ、びくともしませんや！」

「その意気だ」

「親分も、俺の歌が聞けないと寂しいでしょ？」

「まあね……」

「弘太の奴は――」

「隣の病室だよ。退院したら、足を洗って堅気になるって言ってる」

「そいつは良かった」

「それが、病院の手当がよっぽど嬉しかったとみえてね、看護師になるって、張り切ってるよ」

「へえ！」

と、大岡が目を丸くした。

「才ちゃん……」

春子は、ベッドのそばの椅子にかけた。

「春子か……」

「弾丸が急所をそれて良かったね」

才之助はじっと天井を見つめて、

「いっそ死んじまった方が良かった……」

と言った。

「何言ってんだよ」

「親父《おやじ》にも怒鳴られたよ。――もう、みっともねえから、故郷《くに》に帰って来るなって」

「口だけさ。心配して、毎日うちへ電話して来てたんだよ」

「でもな……」

「才ちゃんは純情過ぎるのさ。――東京は、六本木やディズニーランドだけにしときな」

「なあ、春子」

と、才之助は言った。

「何だい？」

「俺はあの子に騙され、裏切られてたんだな……」

「でも、子供だったのさ。大人ぶって、しかもゲームみたいに人を殺していいと思ってたんだ。今は『痛み』が分ってると思うよ」

と、春子が言うと、

「いや……。騙されたのは俺が馬鹿《ばか》だ。でもな、俺はあの子に本当に惚《ほ》れた。あのドキドキする気持。生れて初めてだったよ」

「そう……」

「俺は――悔んでないよ。たとえ騙されてたにしても、恋ってものを経験した。それはありがたかったぜ」

「全く……」

と、春子は笑って、「どこまでお人好《ひとよ》しなんだろうね、才ちゃんは！」

「結局――」

と、ケンは言った。「中平は金に困ってたってことか」

「ああ」

美知が肯いて、「資金ぐりに困って、あのエメラルドを、盗まれたことにして保険金をせしめ、あとでこっそり売り払おうとしたんだ」

二人は病院の休憩所のソファに座っていた。

「――そんなとき、あの北条エミの子分の女の子が中平を脅そうとした。中平はそれがきっかけでエミを知って、エミが〈暗黒通り〉のボスになりたがってると聞いた」

「その今のボスが、隣の家の娘だったってわけだな」

「中平はエミの夢を叶《かな》えてやると約束した。南条家と私のグループへの攻撃のための金や、色々な援助をしたんだ」

「その一方で、エメラルドが盗まれたと見せかける仕掛けをした」

「牧野と東を雇い、エミを通して、あの二人の刑事を操った。――あの二人の刑事は、中平に雇われてるとも知らず、中平からエメラルドを盗もうとした」

「中平を殺そうとしたんじゃないのか？」

「私がナイフでやっつけなくても、いざとなれば中平自身が隠し持ってた拳銃で刑事を殺すことにしてたのさ」

「そうだったのか」

「あのとき、おかしいと思ったんだよ」

「何を？」

「仲間が中平の娘一家を人質にしてたのに、刑事たちをやっつけたら、そいつらが逃げちまったってことさ。いやにアッサリ諦《あきら》めたもんだと思ってね」

「なるほど」

「しかも、刑事たちがやられたと分ってるはずなのに、彼らのエサとして送りこんだ牧野と東に会うってのも妙だろ？」

「あのエメラルドは――」

「イミテーションじゃなくて、あれが本物だったのさ。――盗まれたことにして、その罪を、〈暗黒通り〉に押し付けようって腹だった」

「じゃ、エミも利用されてると知らなかったんだな」

「中平が、自分を気に入って手を貸してくれてると思ってたようだね」

「そこが子供だな。中平のような奴が、得にもならない金を出すわけがない」

「エミは中平を父親みたいに思って、信じてたんだね」

「しかし……あの子は、どうなるんだろうな。中平のせいとはいえ、殺しに関わって……」

「長くかけて、償っていくしかないね」

と、美知は言った。「人一人の命の重さに、もう少し早く気付けば良かったのに」

「全くだな」

と、ケンは肯いた。

「お客様……」

ベッドで小倉あゆみが微笑んだ。

「おい、『お客様』はやめてくれ」

と、ケンは苦笑した。「ここは遊園地じゃないんだぜ」

「すみません。――こんなに立派な病室に入れていただいて」

「せめてもの償いさ」

と、ケンは言った。「何かほしいものはあるかい？」

「ほしいものですか……」

あゆみはケンを見て、「あなた」

「え？」

「冗談です。すてきな奥様がおいでですものね」

「びっくりさせないでくれ」

「一つお願いが……」

「言ってみてくれ」

「私――〈暗黒通り〉のこと聞いて、ワクワクして。美知さんの子分になりたいんですけど」

どう見ても本気だった。

春子は買物に通りへ出て、

「あら」

と、足を止めた。

「どうも……」

牧野と東が立っていたのである。

「またスパイごっこ?」

「とんでもねえ!」

と、牧野があわてて、「実は――ご挨拶《あいさつ》に」

「私に?」

「二人で、北海道の方へ働きに行くことになりまして。――まあ、頼りない二人ですが、合せて一人前ってことで」

「そりゃ良かったわね。頑張って」

「はあ、どうも」

二人は行きかけて――牧野が振り返り、

「お宅でいただいた紅茶の味は、忘れません!」

と言った。

春子は二人を見送って、

「うん! 人間、おいしいもののために努力すれば、成長する!」

と、口に出して言った。「春子さん、いわく」

春子は軽く口笛を吹きながら、スーパーへと、スキップしながら歩いて行った……。

解　説

新保博久

別れとは、少し死ぬこと……。
そんなことを言った詩人がいる。

という書き出しでこの小説は始まる。ここで大方の読者の反応は、ふうん、そういう詩があるんだ——と思うだけだろう。

しかし、赤川次郎作品のみならず内外の有名ミステリ小説にちょっとうるさい向きは、えっ、それって私立探偵フィリップ・マーロウが言った、というか生みの親のレイモンド・チャンドラーが言わせたセリフじゃなかったっけ、と疑問をもつかもしれない。

確かに、チャンドラーの大作『ロング・グッドバイ』（一九五三年）第五十章の結びが、「さよならを言うのは、少しだけ死ぬことだ」（村上春樹訳）となっている。この"To say good-bye is to die a little."をむかし『長いお別れ』で訳者の清水俊二が意図的にか少し歪曲して、「さよならをいうのはわずかのあいだ死ぬことだ」と訳し、むしろこちらのほうが名文句として日本のミステリ・ファンの間では定着してきたものだ。

ともかく、この『お手伝いさんはスーパースパイ！』冒頭の二行目は、「そんなことを言った推理作家（またはハードボイルド作家）がいる」と訂正すべきではないか——と考えた人（私だったりして）は、実は修業が足りない。

『ロング・グッドバイ』では例の一行に先立って、「フランス人はこんな場にふさわしいひとことを持っている」と述べられているように、この表現はチャンドラーの創案ではない。日本ではまず誰も知らないフランスの詩人、エドモン・アロークールの「別れのロンデル」Rondel de l'Adieu（一八九一年。ロンデルとは詩の一形式）の一行目、"Partir, c'est mourir un peu." の英訳を引いたものだ。アガサ・クリスティーの『バグダッドの秘密』（一九五一年）でも、ヒロインが初対面の青年に好意をもたれて、「さよなら、ヴィクトリア。別れとは死に似たり《パルティール・セ・ムーリール・アン・プー》」（中村妙子訳）と言われる。「フランス人はうまいことをいいますね」というだけで出典は明記されていないが。

というわけで、「そんなことを言った」のは詩人とするのが正しいのである。もちろん赤川氏とて、こういう小うるさい知識を持ち合わせていたり、ことさらに調べて「詩人」と正しく書いたわけではないだろう。

ハリウッド女優ローレン・バコールが一九四四年、やがて夫となるハンフリー・ボガートから初めてもらったという手紙に、「『さよならを言うことは、ちょっぴり死ぬことだ』という歌の文句がいまはよくわかる——だって、このあいだ、きみと別れて去っていくときに、立ちつくすいとおしいきみの姿を目にして、わたしは心のなかでちょっぴり死んだんだよ」（ローレン・バコール自伝『私一人』より。山田宏一訳）と書いてあったそうだ。ハリウッドでは常套句のように通用していたらしいから、同地でシナリオライターとして過ごしたこともあるチャンドラーにもお馴染みのフレーズであって不思議はない。ちなみにボガートが「歌の文句」と呼んでいるのは、当時のブロードウェイ・ミュージカル「七つの大アート」Seven Lively Arts にコール・ポーターがアロークールの詩句をふまえて作曲した「さよならを言うたびに」Ev'rytime We Say Goodbye のことだろう。

ただ赤川氏が出典を心得ていたのは、イタリアの作曲家トスティがアロークールの詩を歌曲にした「別れの歌」を通じてだったのではないかと、私は推測する。氏が大変なクラシック音楽通であることを思えば。

いや、クラシックだけでなく、氏がオペラ、歌舞伎、文楽から現代劇、映画まで東西の芸能百般の愛好家であるとは聞き及んでいたが、朝日新聞連載のコラムをまとめた近著『三毛猫ホームズと劇場に行こう！』（角川書店）を読むと、想像以上に過密な鑑賞スケジュールに驚かされる（不得意科目は能ぐらい）。これら芸能鑑賞が本業で、その合い間に小説を書いているとも言えそうなくらいだ。もちろんそれはあべこべで、開演中さすがに寝落ちしてしまうこともあるようだが、だいたいは予約しておかなければ席が取れないものだから、チケットを無駄にしてはならないというケチット精神——もとい健全な勿体ない精神を恃《たの》みに、執筆の息抜きをあらかじめ確保しておく意味もあるのだろう。

氏は小説を書くのに改めて取材したり、資料を漁るタイプではないようだが（そんな暇があったら書き進めたい！）、日ごろのエンタテインメントの貪欲な摂取が、自作の奇抜な設定や物語作り、展開の緩急の呼吸にも滋養となっているに違いない。そして、それが他の多数の観客と共有しながらである点が、どうすればお客（読者）が喜び、どんなとき客席を白けさせてしまうか、肌で感じ続けて忘れない役にも立っているのではないか。

さて、本書『お手伝いさんはスーパースパイ！』は南条姉妹《ツインズ》シリーズ第六作、そして今のところシリーズ最新作である。第一作から順番に読むのが、より楽しめるのは確かだが、前の五冊をまったく読んでおらず、いきなり本書から取り掛かっても戸惑う心配はない。いちげんの読者をも、もてなすのがプロのエンタテイナーだと心得ている作者なのだから。

あるいは、こんな読み方をしてみても構わない。双子だけに容貌はそっくりでも、おっとり能天気なお嬢様タイプの姉・麗子と対照的に、アウトロー若者軍団を率いて日々修羅場の妹・美知がなぜそのような境遇になったか、サイドストーリー的に初めて明かされる前作『マドモアゼル、月光に消ゆ』が、作中時間では最も昔の姉妹の中学時代をも描いているので、これを最初に読んで次に本書、それからゆっくり初期四作に遡るとか。ご参考までに、これまでの作品を発表順に掲げておく（単行本・文庫本ともすべて集英社刊）。

『ウェディングドレスはお待ちかね』non-no　一九八四年十二月五日〜八六年三月五日連載　八六年四月刊
『ベビーベッドはずる休み』週刊明星　一九八七年十月十五日〜八八年四月二十一日連載　八八年七月刊
『スクールバスは渋滞中』週刊明星　一九九一年三月十四日〜九月五日連載　九二年八月刊
『プリンセスはご・入・学』non-no　一九九三年六月五日〜九四年六月五日連載　九五年二月刊
『マドモアゼル、月光に消ゆ』non-no　一九九九年六月五日〜二〇〇〇年九月二十日連載　二〇〇一年三月刊
『お手伝いさんはスーパースパイ！』（本書）二〇〇九年六月、書下ろし刊行

お気づきだろうが、赤川作品のなかでも異例なほど、ゆったりしたペースで書き継がれてきている。異色なところではほかに、正確に年一作ペースで、ヒロインも十五歳から一歳ずつ年齢を重ねて、すでに四半世紀に及ぶ杉原爽香シリーズがあるが、冊数は少なくても南条姉妹もユニークさでは引けを取らない。姉妹の設定をはじめ、ある意味では双子の姉・麗子以上に天然ボケのママ華代（名前からして華麗なる母娘なのだ）、一方ファーストネームすら読者に明かされず異常に影が薄いのが個性という南条パパ、怪力無双で〝有芸〟大食のスーパーお手伝いさん（ただし家事能力はダメ）春子、そして忘れちゃいけない麗子と入り婿ケンとの一粒種（今のところ）幸子……といった家族のキャラクターがユニークというだけではない。

レギュラーメンバーは固定していてエピソードは一話完結という、シチュエーション・コメディ（「サザエさん」のようなもの）の常道こそ踏んでいるものの、永遠にトシを取らないサザエさん一家と異なり、南条一家は発表年月と同じペースではないものの、双子姉妹を例にとれば二十二歳、二十三歳、二十六歳、二十八歳、三十一歳（回想パートでは十四歳）、そして本書では三十三歳と着実に加齢してゆく。登場人物がほとんど老けない三毛猫ホームズ、幽霊シリーズ、吸血鬼エリカといった看板シリーズにはない楽しみがある。

だから、第二作で初登場時から双葉より芳しかった南条幸子ことサッちゃんの成長を描くシリーズ（進学先のその名も四ツ葉学園小学校）とも言われるわけだが、本書では『お手伝いさんはスーパースパイ！』というタイトルが示すとおり、お手伝いさんの春子が立て役者となる。ここでまた海外ミステリ・ファンには何となく聞き覚えのある感じがするのは、これは意識的にかどうか、集英社文庫の長寿シリーズ『おばちゃまは飛び入りスパイ』（一九六六年原刊）以下、推定約六十五歳のミセス・ポリファックスが活躍するシリーズの題名（邦題では第四巻以降、原則「おばちゃまは～（地名）スパイ」）のもじりになっているからのようだ。内容とは別に関係ないが、前作『マドモアゼル、月光に消ゆ』がイギリスの戦争映画「将軍月光に消ゆ」（一九五六年）の日本公開題名をもじったというほどには断言できない（初期四冊は特に何かのもじりでもなさそうだが、それ以前の単発作品に『ハムレットは行方不明』があるように、イヴリン・パイパーの失踪ミステリが一九六五年に映画化された「バニー・レークは行方不明」をちょっと連想させる）。

集英社文庫に敬意を表したと考えたくなるのは、本書が、赤川氏の懇意の編集者が文庫編集長に就任したのを祝して、文庫書下ろしの予定で書きはじめられたものだからだ。しかしそう簡単には完成せず、二〇〇七年の文庫創刊三十周年記念出版にも間に合わなくて、二〇〇九年に脱稿したときには当の編集長が異動していたため、シリーズ既刊五冊と同じく新書判で刊行された。寿《ことほ》ぐべき相手が異動したのだから、書下ろしの約束も反古《ほご》にしてもよさそうなところ、多忙な連載の隙間を縫って書上げてしまうのが、律儀というか、生真面目さの成果だ。そうした誠実さが、一見ユーモア本位に軽く書き流されているように見える南条姉妹シリーズにも品格と爽快さを与えているのは言うまでもない。

本書については、せっかく書下ろすのだから、連載では出来ない趣向を盛ろうとしたらしい点もお見逃しなく。これまで、麗子と美知とが別行動して二重進行（姉妹が同行してドイツを旅する第五作では現在と回想の二重進行）で主に展開してきたのに対し、今回は麗子に同伴しない春子のパートも加わって三重進行となる。ひと息に読める単行本はともかく、連載の読者には三者それぞれの動きを追うのは負担だろう。第六作に至ってそういう、書下ろしならではの新たな意欲を見せているのだから、大切に息長く書き継がれている本シリーズの第七作が、また何年先になろうと楽しみでならない。

special thanks to：Y.Kasai
K.Matsuzaki
K.Murayama

この作品は二〇〇九年六月、集英社から単行本として刊行されました。

集英社文庫

お手伝《てつだ》いさんはスーパースパイ！

2012年4月25日　第1刷
2013年10月6日　第2刷

定価はカバーに表示してあります。

著　者　赤川次郎《あかがわじろう》

発行者　加藤　潤

発行所　株式会社　集英社
東京都千代田区一ツ橋2-5-10　〒101-8050
電話　03-3230-6095（編集部）
03-3230-6393（販売部）
03-3230-6080（読者係）

印　刷　図書印刷株式会社

製　本　図書印刷株式会社

フォーマットデザイン　アリヤマデザインストア　　マークデザイン　居山浩二

ISBN978-4-08-746819-9 C0193